全面成才听读故事

睡前故事

哈尔滨出版社

睡前故事

图书在版编目(C I P)数据

睡前故事：安静入睡的良药/顾作峰主编. — 哈尔滨：哈尔滨出版社，2009.3
(全面成才听读故事)
ISBN 978-7-80753-486-0

Ⅰ. 睡… Ⅱ. 顾… Ⅲ. 儿童文学-故事-作品集-世界
Ⅳ. I18

中国版本图书馆 CIP 数据核字(2008) 第 192533 号

责任编辑：李英文　关　健
制　　作：合力工作室

睡前故事
顾作峰　主编

哈尔滨出版社出版发行
哈尔滨市香坊区泰山路 82-9 号
邮政编码：150090　营销电话：0451-87900345
E-mail:hrbcbs@yeah.net
网址：www.hrbcbs.com
全国新华书店经销
哈尔滨久利印刷有限公司印刷

开本 889×1194 毫米　1/24　印张 7　字数 100 千字
2009 年 3 月第 1 版　2011 年 1 月第 4 次印刷
ISBN 978-7-80753-486-0
定价：16.00 元

睡前故事集

目录

全面成才听读故事

全面成才听读故事

睡前故事

睡前故事

全面成才听读故事

全面成才听读故事

睡前故事

sān zhī xiǎo zhū

三只小猪

yì tiān zhū mā ma shēng le sān zhī zhū bǎo bǎo zhū mā ma fēi cháng gāo xìng měi tiān
一天，猪妈妈生了三只猪宝宝。猪妈妈非常高兴，每天
tā dōu jīng xīn zhào liào tā men zhí dào tā men dōu zhǎng dà le zhū mā ma wèi le ràng zhū bǎo
她都精心照料他们，直到他们都长大了。猪妈妈为了让猪宝
bǎo dé dào duàn liàn jiù bǎ tā men gǎn chū le
宝得到锻炼，就把他们赶出了
jiā mén
家门。

zhū lǎo dà pèng dào yí gè rén bào zhe yì
猪老大碰到一个人抱着一
kǔn dào cǎo tā biàn duì nà rén shuō qīn ài de
捆稻草，他便对那人说：“亲爱的
rén qǐng bǎ nǐ de dào cǎo gěi wǒ wǒ xiǎng yòng tā
人，请把你的稻草给我，我想用它
gài yì suǒ fáng zi
盖一所房子。”

shàn liáng de rén bǎ dào cǎo gěi le zhū lǎo dà xiǎo zhū yòng dào cǎo hěn kuài jiù gài le
善良的人把稻草给了猪老大，小猪用稻草很快就盖了
yì suǒ fáng zi láng cóng tā jiā mén qián lù guò qiāo qiao mén shuō xiǎo zhū xiǎo zhū ràng wǒ
一所房子。狼从他家门前路过，敲敲门说：“小猪，小猪，让我
jìn qù
进去！”

zhū lǎo dà huí dá shuō bù bù wǒ bú ràng nǐ jìn lái
猪老大回答说：“不，不，我不让你进来。”

láng shuō nà wǒ jiù bǎ nǐ de cǎo fáng
狼说：“那我就把你的草房
zi chuī ge xī ba làn
子吹个稀巴烂。”

yú shì tā chuī ya chuī ya hěn kuài chuī
于是他吹呀吹呀，很快吹
dǎo le fáng zi bǎ zhū lǎo dà chī le
倒了房子，把猪老大吃了。

zhū lǎo èr pèng dào yí gè rén bào zhe yì
猪老二碰到一个人抱着一
xiē mù tou tā duì nà rén shuō qīn ài de
些木头，他对那人说：“亲爱的

rén qǐng bǎ nǐ de mù tou gěi wǒ wǒ xiǎng yòng tā men
人，请把你的木头给我，我想用它们
gài yì suǒ fáng zi
盖一所房子。”

nà rén bǎ mù tou gěi le zhū lǎo èr zhū lǎo èr
那人把木头给了猪老二，猪老二
yòng mù tou gài le yì
用木头盖了一
suǒ fáng zi fáng zi gài hǎo le zhū lǎo èr fēi cháng gāo
所房子。房子盖好了，猪老二非常高
xìng kě shì méi guò jǐ tiān xià qǐ le dà yǔ fáng zi
兴。可是没过几天下起了大雨，房子
lòu qǐ yǔ lai zhū lǎo èr jí máng ná lái suǒ yǒu de
漏起雨来，猪老二急忙拿来所有的
pén jiē yǔ zhè shí nà zhī láng cóng zhū lǎo èr jiā
盆接雨。这时，那只狼从猪老二家
mén qián lù guò shuō xiǎo zhū xiǎo zhū ràng wǒ
门前路过，说：“小猪，小猪，让我
jìn qù bì bi yǔ ba
进去避避雨吧！”

bù bù wǒ bú ràng nǐ jìn lái
“不，不，我不让你进来。”

nà wǒ jiù bǎ nǐ de mù fáng zi chuī ge xī ba làn
“那我就把你的木房子吹个稀巴烂。”

yú shì láng yòng lì chuī ya chuī ya chuī ya zuì hòu bǎ fáng zi chuī dǎo le bǎ zhū lǎo
于是狼用力吹呀吹呀吹呀，最后把房子吹倒了，把猪老

èr chī le
二吃了。

zhū dì di pèng dào yí gè rén lā zhe yì chē
猪弟弟碰到一个人拉着一车

zhuān tā duì nà ge rén shuō qīn ài de rén qǐng
砖，他对那个人说：“亲爱的人，请

bǎ nǐ de zhuān gěi wǒ ba wǒ xiǎng yòng tā
把你的砖给我吧，我想用它

men gài yì suǒ fáng zi
们盖一所房子。”

nà rén bǎ zhuān gěi le zhū dì di
那人把砖给了猪弟弟，

zhū dì di fēi cháng qín láo tā xiān xuǎn zé
猪弟弟非常勤劳，他先选择

le yí gè hǎo dì fang rán hòu kāi shǐ dǎ dì jī gài
了一个好地方，然后开始打地基盖
qǐ fáng zi lai měi tiān tiān gāng gāng liàng tā jiù qǐ
起房子来。每天天刚刚亮他就起
chuáng gàn huór lèi de hàn shuǐ zhí wǎng xià liú dàn
床干活儿，累得汗水直往下流，但
tā yì diǎnr dōu bù jué de kǔ jiù zhè yàng guò le
他一点儿都不觉得苦。就这样过了
hǎo jiǔ fáng zi zhōng yú gài hǎo le yì tiān nà zhī chī le
好久，房子终于盖好了。一天，那只吃了
zhū lǎo dà hé zhū lǎo èr de láng yòu lái le tā duì zhū dì
猪老大和猪老二的狼又来了，他对猪弟
di shuō xiǎo zhū xiǎo zhū ràng wǒ jìn qù
弟说：“小猪，小猪，让我进去。”

bù bù wǒ bú ràng nǐ jìn lái
“不，不，我不让你进来。”

nà wǒ jiù bǎ nǐ de zhuān fáng zi chuī
“那我就把你的砖房子吹
ge xī ba làn
个稀巴烂。”

yú shì láng chuī ya chuī ya chuī ya chuī ya shǐ jìn de chuī ya kě shì fáng zi yì diǎnr
于是狼吹呀吹呀吹呀吹呀，使劲地吹呀，可是房子一点
yě méi yǒu dòng láng jiàn chuī bu dǎo fáng zi jiù huī liū liū de zǒu le
儿也没有动。狼见吹不倒房子，就灰溜溜地走了。

dì èr tiān zhū mā ma lái kàn zhū bǎo bǎo le
第二天，猪妈妈来看猪宝宝了，
zhū mā ma kàn jiàn zhū lǎo sān gài de zhuān fáng zi fēi
猪妈妈看见猪老三盖的砖房子非
cháng gāo xìng yí huìr láng yòu lái
常高兴。一会儿，狼又来
le láng yòu yòng lì de chuī zhū lǎo sān
了。狼又用力地吹猪老三
de fáng zi kě shì wú lùn tā zěn
的房子，可是无论他怎
me chuī fáng zi jiù shì bù dǎo láng
么吹，房子就是不倒。狼
qì de bù dé liǎo shuō tā yí dìng yào bǎ xiǎo
气得不得了，说他一定要把小
zhū chī diào tā yào cóng yān cōng zuān jìn tā de
猪吃掉，他要从烟囱钻进他的

wū zi zhuā zhù tā zhū mā ma kàn chū le tā de yīn móu gào su zhū lǎo sān zài lú zào
屋子，抓住他。猪妈妈看出了他的阴谋，告诉猪老三在炉灶
shang jià le yì kǒu dà guō guō li tiān mǎn shuǐ xià miàn shēng zhe wàng wàng de huǒ dāng láng
上架了一口大锅，锅里添满水，下面生着旺旺的火。当狼
cóng yān cōng li huá xia lai shí zhū mā ma jiē kāi guō gài láng kàn jiàn gǔn tàng de kāi shuǐ jí
从烟囱里滑下来时，猪妈妈揭开锅盖，狼看见滚烫的开水急
máng tuì le huí qù láng xīn xiǎng xìng kuī wǒ cōng míng fǒu zé bèi zhǔ shú le
忙退了回去。狼心想：幸亏我聪明，否则被煮熟了。

cóng cǐ yǐ hòu láng zài yě méi yǒu lái guò zhū lǎo sān hé mā ma xìng fú de shēng huó zhe
从此以后，狼再也没有来过，猪老三和妈妈幸福地生活着。

猪老大盖的草房子、猪老二盖的木头房子都没有猪老三盖的砖房子结实，在猪妈妈的帮助下，狼的阴谋失败了。想一想，这个故事告诉我们什么道理呢？

xiǎo yáng guò qiáo
小羊过桥

yǒu liǎng zhī xiǎo shān yáng yì zhī yáng shēn shang zhǎng zhe bái máo dà jiā jiào tā xiǎo bái
有两只小山羊，一只羊身上长着白毛，大家叫他小白
yáng lìng yì zhī yáng shēn shang zhǎng zhe hēi máo dà jiā jiào tā xiǎo hēi yáng
羊。另一只羊身上长着黑毛，大家叫他小黑羊。

xiǎo bái yáng hé xiǎo hēi yáng dōu zhù zài hé biān xiǎo bái
小白羊和小黑羊都住在河边，小白
yáng zhù zài xiǎo hé dōng bian xiǎo
羊住在小河东边，小
hēi yáng zhù zài xiǎo hé xī bian
黑羊住在小河西边。
zhè tiáo hé yòu zhǎi yòu shēn hé
这条河又窄又深，河
shang yǒu yí zuò hěn zhǎi de dú
上有一座很窄的独
mù qiáo zhǐ néng zǒu yí gè
木桥，只能走一个

rén xiǎo bái yáng hé xiǎo hēi yáng měi cì chū xíng dōu yào jīng guò zhè ge dú mù qiáo
人。小白羊和小黑羊每次出行都要经过这个独木桥。

xiǎo bái yáng cháng cháng zǒu guò dú mù qiáo qù hé xī bian kàn lǎo lao lǎo lao zǒng shì zhǎo
小白羊常常走过独木桥去河西边看姥姥，姥姥总是找
le hěn duō xiān nèn xiān nèn de qīng cǎo gěi xiǎo bái yáng chī ge bǎo cái ràng tā huí jiā qù
了很多鲜嫩鲜嫩的青草，给小白羊吃个饱，才让他回家去。

xiǎo hēi yáng cháng cháng zǒu guò dú mù qiáo
小黑羊常常走过独木桥
qù hé dōng bian kàn yé ye yé ye yě
去河东边看爷爷，爷爷也
zǒng shì zhǎo le hěn duō xiān nèn xiān nèn de
总是找了很多鲜嫩鲜嫩的
qīng cǎo gěi xiǎo hēi yáng chī ge bǎo cái
青草，给小黑羊吃个饱，才
ràng tā huí jiā qù
让他回家去。

yǒu yì tiān tiān qì hěn
有一天，天气很
hǎo xiǎo bái yáng gāo gāo xìng xìng
好，小白羊高高兴兴

de qù lǎo lao jiā tā yì biān chàng gē yì biān zǒu bù yí huìr jiù zǒu dào le dú mù qiáo
地去姥姥家。他一边唱歌一边走，不一会儿就走到了独木桥
shang zhè shí hou xiǎo hēi yáng yě yào dào xiǎo hé dōng bian qù kàn yé ye
上。这时候，小黑羊也要到小河东边去看爷爷。

xiǎo bái yáng cháo xī zǒu xiǎo hēi yáng cháo dōng zǒu zǒu zhe zǒu zhe zǒu
小白羊朝西走，小黑羊朝东走，走着走着，走
dào qiáo zhōng jiān tā men liǎ jiù pèng tóu le xiǎo bái yáng zǒu bu
到桥中间，他们俩就碰头了。小白羊走不
guò qù xiǎo hēi yáng yě zǒu bu guò lái xiǎo bái yáng bǎ
过去，小黑羊也走不过来。小白羊把
tóu yì tái duì xiǎo hēi yáng shuō tuì hui qu
头一抬，对小黑羊说：“退回去，
tuì hui qu kuài gěi wǒ tuì hui qu wǒ yào guò
退回去，快给我退回去！我要过
qiáo qù kàn wǒ lǎo lao xiǎo hēi yáng yì
桥去看我姥姥！”小黑羊一
tīng yě bǎ tóu yì tái shuō nǐ tuì
听，也把头一抬说：“你退
hui qu nǐ tuì hui qu nǐ kàn lǎo lao
回去，你退回去！你看姥姥

yǒu shén me yào jǐn wǒ hái yào guò qiáo qù kàn wǒ de yé ye ne xiǎo bái yáng shēng qì le
有什么要紧，我还要过桥去看我的爷爷呢！”小白羊生气了，
dèng zhe yǎn shuō nǐ wèi shén me yào wǒ tuì hui qu shì wǒ xiān shàng qiáo
瞪着眼说：“你为什么要我退回去？是我先上桥
de nǐ yīng gāi tuì hui qu tuì hui qu xiǎo hēi yáng yě shēng qì le
的！你应该退回去，退回去！”小黑羊也生气了，

bǎ xiǎo tí zi dēng de gē gē de xiǎng dà shēng
把小蹄子蹬得咯咯地响，大声
shuō shén me nǐ ràng wǒ tuì hui
说：“什么？你让我退回
qu hng shì wǒ xiān shàng qiáo de
去！哼，是我先上桥的！
nǐ yīng gāi gǎn kuài tuì hui qu gǎn kuài
你应该赶快退回去，赶快
tuì hui qu shuō zhe shuō zhe xiǎo bái
退回去！”说着说着，小白
yáng hé xiǎo hēi yáng jiù chǎo qi lai le
羊和小黑羊就吵起来了。
tā men yuè chǎo yuè xiōng shéi dōu bù kěn
他们越吵越凶，谁都不肯

ràng shéi xiǎo bái yáng fā pí qi le tā dī xià tóu bǎ liǎng zhī jiǎo duì zhe xiǎo hēi yáng chōng
让谁。小白羊发脾气了，他低下头，把两只角对着小黑羊冲

guo qu xiǎo hēi yáng jiàn xiǎo bái yáng chōng guo lai yě dī xià tóu bǎ liǎng zhī jiǎo duì zhe xiǎo
过去。小黑羊见小白羊冲过来，也低下头，把两只角对着小

bái yáng chōng guo qu zhǐ tīng jiàn dōng de yì shēng xiǎo bái yáng de tóu hé xiǎo hēi yáng de
白羊冲过去。只听见“咚”的一声，小白羊的头和小黑羊的

tóu jiù zhuàng zài yì qǐ le zhǐ tīng jiàn pū tōng pū tōng liǎng shēng liǎng zhī xiǎo yáng dōu
头就撞在一起了，只听见“扑通、扑通”两声，两只小羊都

diào dào hé li qù le
掉到河里去了。

shān yáng yé ye zhèng hǎo jīng guò
山羊爷爷正好经过，

kàn jiàn liǎng zhī luò shuǐ de xiǎo shān yáng jí
看见两只落水的小山羊，急

máng xià shuǐ bǎ tā men jiù shang lai shān
忙下水把他们救上来。山

yáng yé ye tīng le liǎng zhī xiǎo shān yáng jiǎng
羊爷爷听了两只小山羊讲

shù luò shuǐ de yuán yīn hòu hā hā dà
述落水的原因后，哈哈大

xiào qi lai xiǎo bái yáng wèn shān yáng yé ye wǒ men diào jìn le shuǐ li chà diǎnr yān
笑起来。小白羊问："山羊爷爷，我们掉进了水里，差点儿淹
zháo xìng kuī nǐ jiù le wǒ men wǒ men dōu kuài xià sǐ le wèi shén me nǐ hái xiào ya
着，幸亏你救了我们，我们都快吓死了，为什么你还笑呀？"
shān yáng yé ye shuō yì gēn dú mù qiáo zhǐ néng zǒu yí gè rén kě nǐ men shéi yě bú ràng
山羊爷爷说："一根独木桥，只能走一个人，可你们谁也不让
shéi nà zhǐ hǎo dōu luò shuǐ le liǎng zhī xiǎo shān yáng tīng
谁，那只好都落水了！"两只小山羊听
hòu dōu bù hǎo yì si de dī xià le tóu
后都不好意思地低下了头。

小白羊和小黑羊因为互不相让，最后都掉到了河里。我们可不要学它们呀，懂得谦让才是好孩子。

xiǎo māo diào yú
小猫钓鱼

lǎo māo hé xiǎo māo yí kuàir zài hé biān diào yú
老猫和小猫一块儿在河边钓鱼。

yì zhī qīng tíng fēi guo lai xiǎo māo kàn jiàn le fàng xià diào yú gān jiù qù zhuō qīng
一只蜻蜓飞过来，小猫看见了，放下钓鱼竿，就去捉蜻

tíng qīng tíng fēi zǒu le xiǎo māo méi zhuō zháo kōng
蜓。蜻蜓飞走了，小猫没捉着，空

zhe shǒu huí dào hé biān yí kàn lǎo māo diào zháo
着手回到河边。一看，老猫钓着

le yì tiáo dà yú
了一条大鱼。

yì zhī hú dié fēi guo
一只蝴蝶飞过

lai xiǎo māo kàn jiàn le fàng xià
来，小猫看见了，放下

diào yú gān yòu qù zhuō hú dié
钓鱼竿，又去捉蝴蝶。

hú dié fēi zǒu le xiǎo māo yòu méi zhuō zháo kōng zhe shǒu huí
蝴蝶飞走了，小猫又没捉着，空着手回
dào hé biān yí kàn lǎo māo yòu diào zháo le yì tiáo dà
到河边。一看，老猫又钓着了一条大
yú xiǎo māo shuō zhēn qì rén wǒ zěn me lián yì tiáo xiǎo
鱼。小猫说："真气人！我怎么连一条小
yú yě diào bu zháo
鱼也钓不着？"

lǎo māo kàn le kàn xiǎo māo shuō diào yú jiù diào yú
老猫看了看小猫，说："钓鱼就钓鱼，
bú yào sān xīn èr yì yí huìr zhuō qīng
不要三心二意，一会儿捉蜻
tíng yí huìr zhuō hú dié shén me shí hou
蜓，一会儿捉蝴蝶，什么时候
cái néng diào dào yú ne xiǎo māo tīng le lǎo
才能钓到鱼呢？"小猫听了老
māo de huà jiù yì xīn yí yì de kāi shǐ diào
猫的话，就一心一意地开始钓
yú yí huìr qīng tíng fēi guo lai le xiǎo
鱼。一会儿，蜻蜓飞过来了，小

māo méi yǒu tái tóu kàn yí huìr hú
猫没有抬头看。一会儿，蝴
dié yòu fēi guo lai le xiǎo māo jiù xiàng méi
蝶又飞过来了，小猫就像没
kàn jiàn yí yàng dī zhe tóu yì xīn yí yì
看见一样，低着头一心一意
de diào yú guò le hǎo jiǔ xiǎo māo de
地钓鱼。过了好久，小猫的
yú gān tū rán bèi shén me zhuàng le yí
鱼竿突然被什么撞了一
xià xiǎo māo jí máng lā qǐ yú gān yuán lái shì yì tiáo dà yú xiǎo māo gāo xìng jí le
下，小猫急忙拉起鱼竿，原来是一条大鱼，小猫高兴极了。

tiān hēi le xiǎo māo hé lǎo māo kāi xīn de huí jiā le
天黑了，小猫和老猫开心地回家了。

在这个故事中，你学到了什么？要记住：只有一心一意，专心致志，才能把事情做好，否则就会一事无成。

xiǎo mǎ guò hé
小马过河

mǎ péng li zhù zhe yì pǐ lǎo mǎ hé yì pǐ xiǎo mǎ xiǎo mǎ měi tiān gēn zhe lǎo mǎ
马棚里住着一匹老马和一匹小马，小马每天跟着老马，
cóng bù lí kāi yí bù
从不离开一步。

yǒu yì tiān lǎo mǎ duì xiǎo mǎ shuō nǐ yǐ
有一天，老马对小马说：“你已
jīng zhǎng dà le yīng gāi zuò diǎnr shìr le
经长大了，应该做点儿事儿了。”

xiǎo mǎ lián bèng dài tiào de shuō
小马连蹦带跳地说：
nǐ shuō ba wǒ hěn yuàn yì zuò
“你说吧，我很愿意做。”

hǎo wa nǐ bǎ zhè
“好哇，你把这
bàn kǒu dai mài zi tuó dào mò
半口袋麦子驮到磨

fáng qù ba　lǎo mǎ gāo xìng de shuō
坊去吧。”老马高兴地说。

xiǎo mǎ tuó qǐ kǒu dai　fēi kuài de wǎng mò fáng
小马驮起口袋，飞快地往磨坊

pǎo qù　pǎo zhe pǎo zhe　yì tiáo xiǎo hé dǎng zhù le tā
跑去。跑着跑着，一条小河挡住了他

de qù lù
的去路。

xiǎo mǎ wéi nán le　xīn li xiǎng　néng bu néng guò qù
小马为难了，心里想：能不能过去

ne　rú guǒ mā ma zài shēn biān　wèn wen tā gāi
呢？如果妈妈在身边，问问她该

zěn me bàn　nà duō hǎo a　tā xiàng sì zhōu
怎么办，那多好啊！他向四周

wàng wang　nǎ lǐ yǒu mā ma de yǐng zi　zhǐ
望望，哪里有妈妈的影子，只

yǒu yì tóu lǎo niú zài hé biān chī cǎo　xiǎo
有一头老牛在河边吃草。小

mǎ dā dā de xiàng lǎo niú pǎo qù　wèn
马“嗒嗒”地向老牛跑去，问

dào niú bó bo qǐng nǐ gào su wǒ zhè tiáo hé wǒ
道："牛伯伯，请你告诉我，这条河，我
néng tāng guo qu ma
能趟过去吗？"

shuǐ hěn qiǎn gāng qí xiǎo tuǐ néng tāng guo
"水很浅，刚齐小腿，能趟过
qu lǎo niú shuō
去。"老牛说。

xiǎo mǎ tīng le lǎo niú de huà lì kè wǎng hé li pǎo
小马听了老牛的话，立刻往河里跑，
zhǔn bèi tāng guò hé qu tū rán yì zhī sōng shǔ
准备趟过河去。突然一只松鼠
tiào dào tā gēn qián dà jiào dào xiǎo mǎ
跳到他跟前，大叫道："小马，
bié guò hé hé shuǐ huì yān sǐ nǐ de
别过河，河水会淹死你的！"

shuǐ hěn shēn ma xiǎo mǎ chī jīng de wèn
"水很深吗？"小马吃惊地问。

dāng rán zuó tiān wǒ de yí gè huǒ bàn
"当然！昨天，我的一个伙伴

jiù shì diào dào zhè tiáo hé li yān sǐ de ya sōng shǔ rèn zhēn de shuō
就是掉到这条河里淹死的呀！”松鼠认真地说。

xiǎo mǎ lián máng shōu zhù jiǎo bù bù zhī dào zěn yàng zuò cái hǎo
小马连忙收住脚步，不知道怎样做才好。

ài hái shi huí jiā wèn wen mā ma ba xiǎo mǎ shuǎi shuai wěi ba huí jiā qu le
“唉！还是回家问问妈妈吧！”小马甩甩尾巴回家去了。

zěn me huí lái la mā ma wèn
“怎么回来啦？”妈妈问。

hé shuǐ hěn shēn xiǎo mǎ nán wéi qíng de shuō guò
“河水很深，”小马难为情地说，“过……

guò bu qù
过不去。”

nà tiáo hé bú shì hěn qiǎn ma
“那条河不是很浅吗？”

mā ma shuō
妈妈说。

shì ya niú
“是呀，牛

bó bo yě zhè yàng shuō
伯伯也这样说。

kě shì sōng shǔ shuō hé shuǐ hěn shēn yān sǐ guo tā de huǒ bàn ne
可是松鼠说河水很深，淹死过他的伙伴呢！”

ò hái zi guāng tīng bié ren shuō zì jǐ bú dòng nǎo jīn bú qù shì shi shì
“哦，孩子，光听别人说，自己不动脑筋，不去试试，是

bù xíng de mā ma wēn róu de duì xiǎo mǎ shuō nǐ zǐ xì xiǎng yi xiǎng jiù huì míng bai
不行的。”妈妈温柔地对小马说，“你仔细想一想，就会明白

le niú nà me gāo dà tā kàn hé shuǐ dāng rán hěn qiǎn sōng shǔ nà
了。牛那么高大，他看河水当然很浅；松鼠那

me ǎi xiǎo yì diǎnr shuǐ jiù néng bǎ tā yān sǐ tā dāng
么矮小，一点儿水就能把他淹死，他当

rán shuō shuǐ shēn le
然说水深了。”

xiǎo mǎ tīng le mā ma
小马听了妈妈

de huà huǎng rán dà wù
的话，恍然大悟，

zhuǎn shēn jiù wǎng hé biān pǎo
转身就往河边跑。

dào le hé biān xiǎo mǎ
到了河边，小马

gānggāng tái qǐ qián tí sōng shǔ yòu dà jiào dào zěn
刚刚抬起前蹄，松鼠又大叫道：“怎
me nǐ bú yào mìng le ma
么，你不要命了吗？”

ràng wǒ shì shi ba xiǎo mǎ yí miàn huí
“让我试试吧！”小马一面回
dá yí miàn xià hé xiǎo xīn de tāng le guò qù yuán
答，一面下河，小心地趟了过去。原
lái hé shuǐ jì bú xiàng lǎo niú shuō de nà yàng qiǎn yě
来河水既不像老牛说的那样浅，也
bú xiàng sōng shǔ shuō de nà yàng shēn
不像松鼠说的那样深。

bù jiǔ xiǎo mǎ jiù bǎ mài zi sòng dào le mò fáng rán hòu kāi xīn de huí jiā le
不久，小马就把麦子送到了磨坊，然后开心地回家了。

“光听别人说，自己不动脑筋，不去试试，是不行的。”小马妈妈的话，你记住了吗？要勇于尝试啊！

guī tù sài pǎo

龟兔赛跑

yáng guāng míng mèi de yì tiān sēn lín li dòng wù men zhèng zài jǔ xíng yì nián yí dù
阳光明媚的一天，森林里动物们正在举行一年一度
de yùn dòng dà huì sài chǎng shang qì fēn tè bié rè liè
的运动大会。赛场上气氛特别热烈，
yùn dòng jiàn ér men gè gèr jīng shén bǎo mǎn
运动健儿们个个儿精神饱满，
dòu zhì áng yáng xióng cái pàn yuán
斗志昂扬。熊裁判员
hǎn dào xià yí xiàng shì
喊道：“下一项是
guī tù sài pǎo wū guī
龟兔赛跑！”乌龟
hé xiǎo bái tù dōu àn guī dìng
和小白兔都按规定
lái dào le qǐ pǎo diǎn xiǎo
来到了起跑点。小

bái tù jué de zì jǐ tiān shēng pǎo de kuài biàn shí fēn jiāo ào de zhàn zài nà lǐ
白兔觉得自己天生跑得快，便十分骄傲地站在那里。

wū guī zhī dào zì jǐ tiān shēng xíng dòng huǎn màn què bù fú qì xiǎo bái tù nà zhǐ gāo
乌龟知道自己天生行动缓慢，却不服气小白兔那趾高

qì yáng de yàng zi jué xīn hé tā bǐ bi gāo dī cái pàn yuán
气扬的样子，决心和他比比高低。裁判员

de qiāng shēng xiǎng le xiǎo bái tù xiàng jiàn yí yàng chōng
的枪声响了，小白兔像箭一样冲

le chū qù wū guī zhǐ néng màn
了出去，乌龟只能慢

màn de xiàng qián pá zhe
慢地向前爬着。

xiǎo bái tù pǎo le zhěng
小白兔跑了整

gè lù chéng de yí bàn huí tóu
个路程的一半，回头

kàn le kàn wū guī yǐ jīng bèi
看了看。乌龟已经被

yuǎn yuǎn de shuǎi zài hòu bian
远远地甩在后边，

xiǎo bái tù gèng jiā dé yì qi lai bù jīn fàng màn le
小白兔更加得意起来，不禁放慢了
jiǎo bù xiǎo bái tù xīn xiǎng dì yī fǎn zhèng shì wǒ
脚步。小白兔心想：第一反正是我
de le bù rú xiān shuì
的了，不如先睡
yí jiào ba yú shì
一觉吧。于是
tā biàn pā zài lù biān shuì le qǐ lái
他便趴在路边睡了起来。

wū guī shǐ zhōng yí bù yí bù bù tíng de pá
乌龟始终一步一步不停地爬
zhe tā pá guò le xiǎo bái tù shuì jiào de dì fang
着。他爬过了小白兔睡觉的地方，
xiǎo bái tù hái méi xǐng yú shì wū guī bǐ
小白兔还没醒，于是乌龟比
xiǎo bái tù xiān dào dá le zhōng diǎn
小白兔先到达了终点。

wū guī dì yī zài dà jiā de
“乌龟第一！”在大家的

huān hū shēng zhōng xiǎo bái tù
欢呼声中，小白兔
jīng xǐng le tā róu le róu
惊醒了，他揉了揉
yǎn jing xiàng qián wàng qù
眼睛，向前望去，
fā xiàn wū guī yǐ jīng pá shàng
发现乌龟已经爬上
le lǐng jiǎng tái dòng wù men yì lùn fēn fēn dà
了领奖台。动物们议论纷纷，大
jiā dōu shuō zhè shì xiǎo bái tù jiāo ào de xià chǎng
家都说：“这是小白兔骄傲的下场。”

想一想，跑得快的小白兔为什么后到达终点的？我们可要向小乌龟学习呀！“骄傲使人落后，虚心使人进步”要记牢啊！

wō niú bān jiā

蜗牛搬家

wō niú zhù zài xiǎo chí táng biān de shí fèngr li zhōu wéi méi yǒu huā cǎo guāng tū

蜗牛住在小池塘边的石缝儿里，周围没有花草，光秃

tū de lián yì kē zhē fēng dǎng yǔ de shù mù dōu méi yǒu tā měi tiān

秃的连一棵遮风挡雨的树木都没有。他每天

bǎo shòu fēng chuī rì shài zhī kǔ zhǐ yǒu yīn tiān xià yǔ

饱受风吹日晒之苦，只有阴天下雨

shí wō niú cái cóng ké li tàn chū shēn lai

时，蜗牛才从壳里探出身来，

shū zhǎn yí xià quán qū de shēn zi

舒展一下蜷曲的身子。

yì tiān qīng tíng hé mǎ yǐ lái kàn

一天，蜻蜓和蚂蚁来看

wō niú qīng tíng shuō qián bian

蜗牛。蜻蜓说："前边

yǒu ge xiǎo shān gāng nà lǐ yǒu

有个小山冈，那里有

mì mì de cóng lín yǒu xiān huā yě guǒ páng biān hái yǒu yì tiáo qīng qīng de xiǎo hé
密密的丛林，有鲜花、野果，旁边还有一条清清的小河……
wǒ liǎ xiàn zài jiù zhù zài nà lǐ mǎ yǐ shuō mì fēng hú dié qīng wā qiū yǐn tā
我俩现在就住在那里。”蚂蚁说：“蜜蜂、蝴蝶、青蛙、蚯蚓他
men yě zhù zài nà lǐ mì fēng cǎi mì hú dié chuán huā fěn qīng wā zhuō hài chóng qiū yǐn
们也住在那里。蜜蜂采蜜，蝴蝶传花粉，青蛙捉害虫，蚯蚓
fān sōng ní tǔ dà jiā tóng xīn xié lì gàn huór béng tí duō kuài huo le
翻松泥土，大家同心协力干活儿，甭提多快活了。”

wō niú tīng le qīng tíng hé mǎ yǐ de huà hěn xīng fèn tā méi xiǎng dào
蜗牛听了蜻蜓和蚂蚁的话，很兴奋，他没想到
nà ge xiǎo shān gāng jìng shì zhè me hǎo de dì
那个小山冈竟是这么好的地
fang yú shì tā jué dìng bān jiā
方，于是他决定搬家。

wō niú sòng zǒu le qīng tíng hé mǎ
蜗牛送走了蜻蜓和蚂
yǐ xīn qíng jī dòng xīn xiǎng kǔ rì zi
蚁，心情激动，心想苦日子
kě gāi jié shù le rán hòu tā dìng le yí
可该结束了。然后他定了一

gè zhōu mì de bān jiā jì huà dǎ dìng zhǔ yi dào xiǎo shān gāng yǐ
个周密的搬家计划，打定主意，到小山冈以
hòu yào zuò chū yì fān shì yè lái
后要做出一番事业来！

guò le liǎng tiān hú dié lái bāng zhù wō niú bān jiā wō niú
过了两天，蝴蝶来帮助蜗牛搬家。蜗牛
kàn le kàn tóu dǐng shang de tài yáng jiù yǒu diǎnr yóu yù le tā shuō wǒ bǎ yí qiè dū
看了看头顶上的太阳就有点儿犹豫了。他说：“我把一切都
zhǔn bèi hǎo le zhǐ shì jīn tiān bù néng bān jiā hú dié bù
准备好了，只是今天不能搬家。”蝴蝶不
jiě de wèn wèi shén me ne wō niú shuō jīn tiān
解地问：“为什么呢？”蜗牛说：“今天
tài rè le wǒ xíng dòng yòu màn qiáng liè de
太热了，我行动又慢，强烈的
yáng guāng huì bǎ wǒ shài huài de méi bàn
阳光会把我晒坏的！”没办
fǎ hú dié zhǐ hǎo zǒu le
法，蝴蝶只好走了。

yòu guò le liǎng tiān qīng wā lái bāng wō
又过了两天，青蛙来帮蜗

niú bān jiā zhè tiān tiān kōng xià zhe xiǎo yǔ jì méi yǒu tài yáng yòu méi yǒu fēng shā kě
牛搬家。这天，天空下着小雨，既没有太阳，又没有风沙，可
wō niú wàngwang nà méngméng de xì yǔ yòu yǒu xiē yóu yù le tā shuō wǒ yí qiè dōu
蜗牛望望那蒙蒙的细雨，又有些犹豫了。他说：“我一切都
zhǔn bèi hǎo le zhǐ shì jīn tiān bù néng bān qīng wā bù jiě de wèn wèi shén me ya
准备好了，只是今天不能搬。”青蛙不解地问：“为什么呀？”
wō niú tàn le kǒu qì shuō tiān cháo dì huá xiǎo shān gāng de xié pō wú lùn rú hé wǒ shì
蜗牛叹了口气说：“天潮地滑，小山冈的斜坡，无论如何我是
pá bu shàng qù de
爬不上去的。”

méi bàn fǎ qīng wā zhǐ hǎo zǒu le
没办法，青蛙只好走了。
cóng cǐ yǐ hòu zài
从此以后，再
méi yǒu rén lái bāng wō niú
没有人来帮蜗牛
bān jiā le wō niú de jiā
搬家了。蜗牛的家
méi yǒu bān chéng kě dāng
没有搬成，可当

tā yǒu xìng zhì de shí hou zǒng shì cháo zhe xiǎo shān gāng nà
他有兴致的时候，总是朝着小山冈那
biān zhāng wàng dī shēng tàn xī dào zhǐ guài wǒ shēn tǐ
边张望，低声叹息道：“只怪我身体
bù hǎo zài jiā shàng tiān bú zuò měi yào bu wǒ zǎo zài
不好，再加上天不作美，要不我早在
nà biān guò zhe yú kuài de shēng huó le
那边过着愉快的生活了。”

hú dié hé qīng wā sī xià yì lùn shuō xiàng wō niú nà yàng yì diǎnr kè fú kùn
蝴蝶和青蛙私下议论说：“像蜗牛那样一点儿克服困
nan de jué xīn dōu méi yǒu de rén zěn me néng guò shàng hǎo rì zi ne
难的决心都没有的人，怎么能过上好日子呢！”

小蜗牛真是太懒惰了，总是说再等两天就搬家，直到最后也没搬成家。我们可不要像它那样呀，决定做什么事就要付出行动，做一个讲诚信、说话算话的好孩子。

shù yè fáng zi

树叶房子

sēn lín li de xiǎo bái shǔ xiǎo huī shǔ hé xiǎo huáng shǔ tā men shì hǎo péng you
森林里的小白鼠、小灰鼠和小黄鼠，他们是好朋友。

yì tiān tā men tīng shuō zhū tài tai
一天，他们听说猪太太
yào shēng bǎo bǎo le dōu tè bié gāo xìng
要生宝宝了，都特别高兴，
dōu xiǎng qù kàn wàng zhū tài tai yú shì
都想去看望猪太太，于是，
tā men yuē hǎo yì qǐ qù
他们约好一起去
zhū tài tai jiā zhù
猪太太家祝
hè kě shì dào le
贺。可是到了
zhū tài tai jiā zhū
猪太太家，猪

tài tai bú zài jiā zài yī yuàn ne xiǎo bái shǔ shuō āi yā
太太不在家在医院呢，小白鼠说：“哎呀，
wǒ men qù yī yuàn yīng gāi gěi zhū tài tai sòng xiē shén me hǎo
我们去医院应该给猪太太送些什么好
ya tā men dōng qiáo qiao xī qiáo qiao xiǎo huáng shǔ shuō
呀？”他们东瞧瞧，西瞧瞧，小黄鼠说：
qiáo qiū tiān dào le yǒu zhè me duō wǔ cǎi bīn fēn de
“瞧，秋天到了，有这么多五彩缤纷的
luò yè wǒ men gěi zhū tài tai sòng xiē luò yè ba luò
落叶，我们给猪太太送些落叶吧。”“落
yè yǒu shén me yòng ya kě yǐ zuò chéng měi lì de
叶有什么用呀？”“可以做成美丽的
huàr ya hái kě yǐ xiǎo lǎo shǔ men
画儿呀。还可以……”小老鼠们
lián máng dòng qǐ nǎo jīn lai duì le yǒu
连忙动起脑筋来。“对了，有
le xiǎo huī shǔ dà jiào wǒ men gān
了，”小灰鼠大叫，“我们干
cuì bú qù yī yuàn kàn wàng zhū tài tai
脆不去医院看望猪太太，

ér shì zài zhū tài tai jiā gài jiān shù yè fáng zi sòng gěi zhū tài tai ba tā gāng shēng wán bǎo
而是在猪太太家盖间树叶房子送给猪太太吧，她刚生完宝
bǎo yí dìng xū yào yì jiān yīng ér fáng hǎo ya qí tā de xiǎo lǎo shǔ men tóng yì
宝，一定需要一间婴儿房。”“好呀。”其他的小老鼠们同意
le tā men yì qǐ dào shù lín li jiǎn luò yè xiǎo bái shǔ shuō qiáo wǒ jiǎn le yí piàn
了，他们一起到树林里捡落叶。小白鼠说：“瞧，我捡了一片
hóng shù yè xiǎo huī shǔ shuō wǒ jiǎn le yí piàn huáng
红树叶。”小灰鼠说：“我捡了一片黄
shù yè xiǎo huáng shǔ shuō wǒ jiǎn le yí piàn lǜ
树叶。”小黄鼠说：“我捡了一片绿
shù yè yú shì sān zhī xiǎo lǎo shǔ jiù zài
树叶。”于是三只小老鼠就在
zhū tài tai jiā gài qǐ fáng zi lai dà
猪太太家盖起房子来。大
yuē guò le yí gè yuè sān jiān piào liang
约过了一个月，三间漂亮
fáng zi gài hǎo le
房子盖好了。

xiǎo bái shǔ yòng hóng shù yè
小白鼠用红树叶

gài le hóng fáng zi xiǎo huī shǔ yòng huáng shù yè gài le huáng fáng zi xiǎo huáng shǔ yòng lǜ shù
盖了红房子，小灰鼠用黄树叶盖了黄房子，小黄鼠用绿树
yè gài le lǜ fáng zi zhū tài tai huí lái le hái dài lái le hǎo péng you xiǎo yáng
叶盖了绿房子。猪太太回来了，还带来了好朋友小羊。

xiǎo huī shǔ duì zhū tài tai shuō zhè sān jiān fáng zi sòng gěi nǐ zuò cāng kù hé yīng ér
小灰鼠对猪太太说：“这三间房子送给你做仓库和婴儿
fáng ba zhū tài tai kàn dào xiǎo lǎo shǔ sòng gěi tā
房吧！”猪太太看到小老鼠送给她
de lǐ wù gāo xìng jí le xiǎo bái shǔ
的礼物高兴极了。小白鼠
lián máng cóng lán zi li ná chū
连忙从篮子里拿出
le hóng hóng de píng guǒ fàng jìn
了红红的苹果放进
le hóng fáng zi
了红房子。

dà jiā dōu hē hē de
大家都呵呵地
xiào le yú shì dōu dòng qǐ
笑了，于是都动起

shǒu lai xiǎo huáng shǔ bào qǐ lǜ lǜ de dà xī guā
手来。小黄鼠抱起绿绿的大西瓜
fàng jìn le lǜ fáng zi xiǎo huī shǔ ná qǐ dà yā
放进了绿房子，小灰鼠拿起大鸭
lí fàng jìn le zì jǐ jiàn de huáng fáng zi zhū tài
梨放进了自己建的黄房子。猪太
tai máng shuō xiè xie xiè xie sì ge xiǎo huǒ
太忙说：“谢谢！谢谢！”四个小伙
bàn wéi zhe zhū tài tai hé piào liang de fáng zi tiào qǐ wǔ lai
伴围着猪太太和漂亮的房子跳起舞来。

看到三只小老鼠建的树叶房子好羡慕呀！我们的生活中到处充满着色彩，到处充满着温情，也到处充满着友爱，如果每个人都像小老鼠们那样乐于助人，我们的社会该多美好呀！

yā mā ma zhǎo dàn
鸭妈妈找蛋

yā mā ma zhù zài shān pō shang tā chú le kě yǐ měi tiān chū qù hū xī xīn xiān kōng
鸭妈妈住在山坡上，她除了可以每天出去呼吸新鲜空
qì wài hái néng shēng hěn duō piào liang de dàn dà jiā dōu hěn xiàn mù tā
气外，还能生很多漂亮的蛋。大家都很羡慕她。

kě shì yā mā ma què yǒu ge máo
可是，鸭妈妈却有个毛
bìng tā de jì xing tè bié chà ér qiě
病：她的记性特别差，而且
tā zǒu dào nǎ lǐ jiù zài nǎ lǐ
她走到哪里，就在哪里
shēng dàn suǒ yǐ tā cháng cháng zhǎo
生蛋，所以她常常找
bu dào zì jǐ shēng de dàn
不到自己生的蛋。

yǒu yì tiān bàng wǎn yā
有一天傍晚，鸭

mā ma yòu wàng le zài nǎr shēng de dàn le tā zài yuàn zi li pǎo lái pǎo qù zěn me
妈妈又忘了在哪儿生的蛋了，她在院子里跑来跑去，怎么
yě zhǎo bu zháo jiù wèn mǔ jī jī dà jiě nín kàn jiàn wǒ de dàn le ma nín jiǎn dào
也找不着，就问母鸡：“鸡大姐，您看见我的蛋了吗？您捡到
wǒ de dàn le ma
我的蛋了吗？”

mǔ jī shuō wǒ méi kàn jiàn ya
母鸡说：“我没看见呀！”

yā mā ma gǎn jǐn pǎo chū yuàn zi qù zhèng pèng shàng mǎ
鸭妈妈赶紧跑出院子去，正碰上马
dà gē dài zhe xiǎo mǎ huí jiā lái yā mā ma
大哥带着小马回家来。鸭妈妈
máng wèn mǎ dà gē mǎ dà gē nín kàn
忙问马大哥：“马大哥，您看
jiàn wǒ de dàn le ma nín jiǎn dào
见我的蛋了吗？您捡到
wǒ de dàn le ma
我的蛋了吗？”

mǎ dà gē shuō wǒ méi
马大哥说：“我没

kàn jiàn nǐ de dàn ya nǐ dào chí táng biān qù zhǎo zhao ba yā mā ma pǎo dào chí táng biān
看见你的蛋呀！你到池塘边去找找吧。”鸭妈妈跑到池塘边，

zhǎo le hǎo yí zhèn zi hái shi méi zhǎo zháo zhǐ hǎo huí dào yuàn zi li tā kàn jiàn huáng niú zǒu
找了好一阵子，还是没找着，只好回到院子里。她看见黄牛走

guo lai jiù wèn niú dà bó nín kàn jiàn wǒ de dàn le ma nín jiǎn dào wǒ de dàn le ma
过来，就问：“牛大伯，您看见我的蛋了吗？您捡到我的蛋了吗？”

huáng niú shuō wǒ kě méi jiàn guò nǐ de dàn nǐ
黄牛说：“我可没见过你的蛋。你

zǒng shì diū sān là sì de zhè kě bù hǎo a
总是丢三落四的，这可不好啊！”

yā mā ma tàn le yì kǒu qì shuō ài
鸭妈妈叹了一口气说：“唉！

méi bàn fǎ ya wǒ yào zhào gù bǎo bǎo
没办法呀，我要照顾宝宝，

hái yào shēng dàn zhè me duō shì tài lèi
还要生蛋，这么多事太累

le wǒ nǎ lǐ hái jì de zài nǎ lǐ
了，我哪里还记得在哪里

shēng de dàn ya
生的蛋呀？”

huáng niú shuō zhēn ná nǐ méi bàn fǎ diū sān là sì de máo bìng bù zhī dào gǎi
黄牛说："真拿你没办法，丢三落四的毛病不知道改

zhèng hái zhǎo yí dà duī lǐ yóu
正，还找一大堆理由。"

yā mā ma tīng le huáng niú de huà bù hǎo yì si de dī xià le tóu
鸭妈妈听了黄牛的话，不好意思地低下了头。

huáng niú hé mǔ jī yì qǐ quàn
黄牛和母鸡一起劝

yā mā ma nǐ bié zháo jí hǎo hāor
鸭妈妈："你别着急，好好

xiǎng yi xiǎng nǐ
儿想一想，你

jīn tiān dào guò nǎ xiē
今天到过哪些

dì fang dào dǐ zài
地方？到底在

nǎ lǐ shēng le dàn
哪里生了蛋？"

yā mā ma cóng dà qīng zǎo chū wō xiǎng qǐ chí táng biān ma méi shēng guò dàn cǎo
鸭妈妈从大清早出窝想起——池塘边吗？没生过蛋。草

dì shang ma yě méi shēng guò dàn xiǎo shù
地上吗？也没生过蛋。小树
lín li ma gēn běn méi qù wán guò
林里吗？根本没去玩过。

à à yā mā ma xiǎng qi
“啊，啊！”鸭妈妈想起
lai le tā kě nán wéi qíng le dī zhe
来了，她可难为情了，低着
tóu shuō jīn tiān jīn tiān wǒ hái méi shēng guò dàn ne
头说，“今天，今天，我还没生过蛋呢！”

鸭妈妈有了缺点别人帮它指出来了，它不但不承认错误，还要辩解，真是太不应该了。如果我们小朋友都像鸭妈妈这样，那其他的小朋友一定不会喜欢和他（她）交朋友。

小熊种地

春天来了，小动物们都开始播种了，种上自己爱吃的蔬菜。小熊也找来一些蔬菜种子。可是，想来想去，就是不知道种点什么好。

一天，山羊匆匆忙忙地从小熊家路过，小熊问："山羊老弟，快告诉我，你种了什么呀？"山羊回答说："我种了菠菜。菠菜又鲜又嫩，可好吃了！"于

shì xiǎo xióng zài mén qián de dì li zhòng shàng le bō cài
是小熊在门前的地里种上了菠菜。

yì tiān xiǎo xióng tīng shuō xiǎo bái tù méi zhòng bō cài ér shì zhòng le luó bo xiǎo
一天，小熊听说小白兔没种菠菜，而是种了萝卜。小

xióng jué de qí guài biàn zhǎo dào xiǎo bái tù wèn bō cài yòu xiān yòu nèn nǐ gàn má yào
熊觉得奇怪，便找到小白兔问：“菠菜又鲜又嫩，你干吗要

zhòng luó bo ne
种萝卜呢？”

xiǎo bái tù xiào le xiào shuō wǒ
小白兔笑了笑说：“我

zuì ài chī luó bo ya luó bo cuì shēng
最爱吃萝卜呀！萝卜脆生

shēng de
生的。”

xiǎo xióng xiǎng luó bo cuì
小熊想：萝卜脆

shēng shēng de wǒ wèi shá bú zhòng
生生的，我为啥不种

luó bo ne tā pǎo huí jiā bǎ
萝卜呢。他跑回家，把

bō cài quán bá le zhòng shàng le luó bo
菠菜全拔了，种上了萝卜。

luó bo zhǎng chū le lǜ yīng zi xiǎo xióng kě gāo xìng le zhěng tiān cuō zhe tā de xióng
萝卜长出了绿缨子，小熊可高兴了，整天搓着他的熊

zhǎng kàn zhe tā men zuǐ li bú zhù de dāo niàn luó bo cuì
掌看着它们，嘴里不住地叨念：“萝卜脆

shēng shēng luó bo cuì shēng shēng
生生，萝卜脆生生……”

hòu lái xiǎo xióng yòu tīng shuō hóu zi
后来，小熊又听说猴子

méi zhòng luó bo zhòng de shì
没种萝卜，种的是

xī guā tā jiù pǎo dào hóu zi
西瓜。他就跑到猴子

jiā wèn hóu zi luó bo cuì
家，问猴子：“萝卜脆

shēng shēng de nǐ wèi shén me què zhòng xī guā ne hóu zi shuō suī rán luó bo yě tǐng
生生的，你为什么却种西瓜呢？”猴子说：“虽然萝卜也挺

hǎo chī dàn wǒ zuì ài chī xī guā xī guā yòu tián yòu shuǐ ling
好吃，但我最爱吃西瓜！西瓜又甜又水灵。”

xiǎo xióng huǎng rán dà wù　ò　yuán lái shì zhè me huí shì　jiù zhè yàng　tā　jí
小熊恍然大悟："哦，原来是这么回事。"就这样，他急
máng pǎo huí jiā　háo bù yóu yù de bá xià luó bo　zhòng shàng le　xī guā
忙跑回家，毫不犹豫地拔下萝卜，种上了西瓜。
xī guā miáor　zhǎng chu lai le　xiǎo xióng lè de liě kāi le zuǐ　hēi hēi　xī guā
西瓜苗儿长出来了，小熊乐得咧开了嘴："嘿嘿，西瓜
yòu tián yòu shuǐ ling　xī guā yòu
又甜又水灵，西瓜又
tián yòu shuǐ ling
甜又水灵……"

shí jiān guò de zhēn kuài
时间过得真快
ya　qiū tiān dào le　shān yáng
呀，秋天到了。山羊、
xiǎo bái tù hé hóu zi dōu huò dé
小白兔和猴子都获得
le fēng shōu　tā men xiāng yuē
了丰收。他们相约，
yì qǐ lái kàn kan xiǎo xióng
一起来看看小熊。

dào xiǎo xióng jiā mén qián yí kàn dà jiā dōu
到小熊家门前一看，大家都
lèng zhù le zuó yè de yì cháng qiū shuāng bǎ xiǎo
愣住了。昨夜的一场秋霜，把小
xióng zhòng de xī guā yāngr dōu dòng sǐ le shàng
熊种的西瓜秧儿都冻死了，上
bian méi jiē yí gè xī guā xiǎo xióng zuò zài dì
边没结一个西瓜。小熊坐在地
shang xióng zhǎng tuō zhe xià ba nà mènr
上，熊掌托着下巴，纳闷儿
de shuō wǒ cóng chūn gàn dào qiū wèi shén me méi yì diǎnr shōu huò ne
地说："我从春干到秋，为什么没一点儿收获呢？"

小熊看小山羊种菠菜它也种菠菜，看小白兔种萝卜它也种萝卜，看小猴种西瓜它也种西瓜。从春天忙到秋天，却一点儿收获也没有。只是因为它做事没主见，又不坚持，最终是一事无成。

xiǎo māo jiǎn hú xū
小猫剪胡须

xiǎo māo pí pi jì piào liang yòu jī ling shì gōng rèn de bǔ
小猫皮皮既漂亮又机灵，是公认的捕
shǔ néng shǒu tè bié shì zuǐ shang de nà
鼠能手，特别是嘴上的那
jǐ gēn cháng hú xū gèng zēng tiān le wēi fēng zài jiǎo huá de lǎo
几根长胡须，更增添了威风，再狡猾的老
shǔ yě táo bu guò tā de shǒu zhǎng xīnr
鼠，也逃不过他的手掌心儿。

yǒu yì tiān yā zi zài lù shang
有一天，鸭子在路上
yù jiàn pí pi jiù duì tā shuō nǐ zuǐ
遇见皮皮，就对他说：“你嘴
shang de hú zi duō nán kàn nǐ kàn wǒ
上的胡子多难看，你看我
men yā zi de zuǐ ba shàng miàn shén me
们鸭子的嘴巴，上面什么

yě méi yǒu chī dōng xi yě fāngbiàn ya hā hā hā
也没有,吃东西也方便呀!哈哈哈!”

xiǎo māo pí pi tīng le yā zi de huà mèn mèn bú lè huí dào
小猫皮皮听了鸭子的话,闷闷不乐,回到
jiā hòu yí qì zhī xià jiù jiǎn diào le hú zi
家后,一气之下就剪掉了胡子。

kě shì cóng zhè yǐ hòu pí pi jué de zì jǐ zuò shén me
可是,从这以后,皮皮觉得自己做什么
dōu bú duì jìnr xíng dòng biàn de chí huǎn yǒu jǐ cì lǎo shǔ cóng
都不对劲儿,行动变得迟缓,有几次老鼠从
tā yǎn pí dǐ xia liū zǒu tā yě zhuā bu dào
他眼皮底下溜走他也抓不到。

mā ma gāng huí lái pí pi jiù zháo jí
妈妈刚回来,皮皮就着急
de wèn mā ma wǒ xiàn zài zěn me zhuā bu
地问:“妈妈,我现在怎么抓不
dào lǎo shǔ le ne
到老鼠了呢?”

mā ma kàn zhe pí pi hū rán jí qiè
妈妈看着皮皮,忽然急切

de wèn yí nǐ de hú xū zěn me méi yǒu le ne
地问："咦，你的胡须怎么没有了呢？"

pí pi shuō yā zi shuō wǒ de hú zi
皮皮说："鸭子说我的胡子
tài nán kàn suǒ yǐ wǒ bǎ tā jiǎn diào le
太难看，所以我把它剪掉了。"

mā ma shuō shǎ hái zi zěn me néng jiǎn
妈妈说："傻孩子，怎么能剪
diào ne wǒ men de hú zi zuò yòng kě dà le
掉呢！我们的胡子作用可大了！
méi yǒu hú zi de chù jué néng lì wǒ men dāng rán zhuō bu dào lǎo shǔ a
没有胡子的触觉能力，我们当然捉不到老鼠啊！"

ò yuán lái shì zhè yàng pí pi hěn hòu huǐ mā ma ān wèi tā shuō nǐ bú yào
哦，原来是这样！皮皮很后悔。妈妈安慰他说："你不要
zháo jí guò xiē rì zi xīn de hú xū huì chóng xīn zhǎng chu lai de nǐ yǐ hòu bú yào suí
着急，过些日子，新的胡须会重新长出来的。你以后不要随
biàn jiǎn hú xū jiù xíng le
便剪胡须就行了。"

xiǎo xióng bá yá
小熊拔牙

xióng mā ma qù shàng bān xiǎo xióng yí gè rén zài jiā li
熊妈妈去上班，小熊一个人在家里
wán shuǎ lín zǒu qián mā ma duì ài chī tián shí de xiǎo xióng shuō
玩耍。临走前，妈妈对爱吃甜食的小熊说：
mā ma bú zài jiā nǐ yào xǐ xi liǎn shuā shua yá bú
“妈妈不在家，你要洗洗脸，刷刷牙，不
yào zì jǐ ná bǐng gān bú yào zì jǐ chī
要自己拿饼干，不要自己吃
tián guā xiǎo xióng tòng tòng kuài kuài de
甜瓜……”小熊痛痛快快地
dā ying le xiǎo xióng xǐ le xǐ liǎn shū
答应了。小熊洗了洗脸，梳
le shū tóu fa jiù shì bù xiǎng shuā
了梳头发，就是不想刷
yá xiǎo xióng xiǎng qǐ jiā li tián tián
牙。小熊想起家里甜甜

de bǐng gān kě shì yǐ jīng dā ying mā ma bù chī tā le zhǎo dào yí guàn tián tián de fēng
的饼干，可是已经答应妈妈不吃它了；找到一罐甜甜的蜂
mì hǎo xiàng mā ma méi shuō bù xǔ chī tā guǒ jiàng ne yě kě yǐ cháng yí xià xiǎo xióng
蜜，好像妈妈没说不许吃它；果酱呢，也可以尝一下。小熊
ná chū le pán zi chéng yì pán fēng mì chéng yì wǎn guǒ jiàng yì kǒu yì
拿出了盘子，盛一盘蜂蜜，盛一碗果酱，一口一
kǒu de chī gān jìng à hǎo tián a tián dào shé tou gēnr tián dào yá
口地吃干净。啊！好甜啊！甜到舌头根儿，甜到牙
chǐ gēnr xiǎo xióng yòu ná chū le zuì ài
齿根儿！小熊又拿出了最爱
chī de bàng bàng táng mā ma zǒu de shí hou
吃的棒棒糖，妈妈走的时候
hǎo xiàng méi shuō bù néng chī bàng bàng táng ya
好像没说不能吃棒棒糖呀！
xiǎo xióng yòu dà kǒu dà kǒu de chī qi lai
小熊又大口大口地吃起来。
zhēn tián ya
真甜呀！
dào le wǎn shang xiǎo xióng tè bié
到了晚上，小熊特别

kùn yú shì jiù pá shàng le chuáng shuì qǐ dà jiào lai kě shì gāng gāng chī de táng hái méi yǒu
困，于是就爬上了床睡起大觉来。可是刚刚吃的糖还没有
chī wán zhèng hán zài zuǐ li ne
吃完，正含在嘴里呢！

dì èr tiān zǎo chen qǐ lái xiǎo xióng ná qǐ bǐng gān yòu chī qi lai tā bǎ bǐng gān yǎo
第二天早晨起来，小熊拿起饼干又吃起来，他把饼干咬
de gē bēng gē bēng xiǎng zhèng chī de gāo xìng hū rán jiào le qǐ lái āi yā āi yā
得“咯嘣咯嘣”响，正吃得高兴，忽然叫了起来，“哎呀！哎呀！
téng sǐ wǒ le xiǎo xióng de yá téng jí le tā wǔ
疼死我了！”小熊的牙疼极了，他捂
zhù zuǐ ba zhí hēng hēng zhǐ hǎo zhǎo bái tù yī shēng
住嘴巴，直哼哼，只好找白兔医生
gěi tā kàn bìng
给他看病。

bái tù yī shēng jiào xiǎo xióng
白兔医生叫小熊
zhāng kāi zuǐ ba zǐ xì qiáo le
张开嘴巴，仔细瞧了
qiáo zhòu zhou méi shuō āi yā nǐ
瞧，皱皱眉说：“哎呀，你

zhè kē yá làn le hǎo dà yí gè dòng bù néng zhì le yí dìng děi bá diào bái tù yī
这颗牙烂了好大一个洞，不能治了，一定得拔掉。”白兔医

shēng gěi tā dǎ le yì zhēn má yào ná qǐ yì bǎ yòu cháng yòu dà de qián zi jiā zhù xiǎo
生给他打了一针麻药，拿起一把又长又大的钳子，夹住小

xióng de yá chǐ shǐ jìnr bá kě shì xiǎo xióng de yá chǐ dà bái tù
熊的牙齿，使劲儿拔。可是小熊的牙齿大，白兔

yī shēng de lì qi xiǎo zěn me yě bá bu dòng xiǎo xióng tòng de
医生的力气小，怎么也拔不动。小熊痛得

wā wā zhí jiào bái tù yī shēng jí máng jiào huáng
“哇哇”直叫。白兔医生急忙叫黄

gǒu lái bāng máng bái tù yī shēng wò jǐn qián zi
狗来帮忙。白兔医生握紧钳子，

huáng gǒu lā zhù bái tù tā liǎ yì qǐ yòng lì bá
黄狗拉住白兔，他俩一起用力拔。

xiǎo xióng de yá chǐ yáo le yáo kě hái shi
小熊的牙齿摇了摇，可还是

bá bu dòng xiǎo xióng téng de zhí tiào jiǎo
拔不动。小熊疼得直跳脚，

bái tù yī shēng yòu jiào huā māo lái bāng
白兔医生又叫花猫来帮

máng bái tù yī shēng wò jǐn qián zi huáng gǒu lā zhù bái tù yī shēng huā māo lā zhù huáng
忙。白兔医生握紧钳子，黄狗拉住白兔医生，花猫拉住黄

gǒu dà jiā yì qí yòng lì bá āi yō xiǎo xióng de làn yá zhōng yú
狗，大家一齐用力拔，哎哟！小熊的烂牙终于

bèi bá xia lai le zhè xià xiǎo xióng kě hǎo shòu duō le
被拔下来了。这下，小熊可好受多了。

xiǎo xióng wèn zěn me wǒ de yá huì làn nǐ men
小熊问："怎么我的牙会烂，你们

de yá chǐ dōu hǎo hāor de ne huáng gǒu shuō yīn wèi
的牙齿都好好儿的呢？"黄狗说："因为

wǒ men cóng lái bù tān chī tián dōng xi
我们从来不贪吃甜东西，

yě bù hán zhe táng kuàir shuì jiào huā
也不含着糖块儿睡觉。"花

māo shuō wǒ měi tiān zǎo wǎn dōu shuā
猫说："我每天早晚都刷

yá wǒ de yá chǐ kě hǎo la bái
牙，我的牙齿可好啦！"白

tù yī shēng shuō nǐ yǐ hòu zǎo wǎn dōu
兔医生说："你以后早晚都

yào shuā yá shuì jiào shí bú yào zài chī táng zhè yàng
要刷牙，睡觉时不要再吃糖，这样，
nǐ de yá chǐ jiù bú huì làn le
你的牙齿就不会烂了。”

cóng cǐ yǐ hòu xiǎo xióng zhào zhe bái tù yī
从此以后，小熊照着白兔医
shēng de huà qù zuò měi tiān zǎo wǎn dōu shuā yá shuì
生的话去做，每天早晚都刷牙，睡
jiào shí yě bú zài chī dōng xi le tā de yá chǐ zài yě bù téng la
觉时也不再吃东西了，他的牙齿再也不疼啦！

由于小熊不听妈妈的话，总是吃那么多甜的食物，又不注意牙齿卫生，最后去看医生把牙拔掉了，多痛苦呀！那又怪谁呢，谁让它不听妈妈的话呢？幸亏最后它改掉了这个坏毛病。

jiān qiáng de xiǎo shī zi
坚强的小狮子

shī zi mā ma shēng xià le yì zhī xiǎo shī zi shī zi
狮子妈妈生下了一只小狮子，狮子
mā ma hěn téng ài tā zài mā ma de ài hù xià xiǎo shī
妈妈很疼爱他。在妈妈的爱护下，小狮
zi jiàn jiàn de zhǎng dà le
子渐渐地长大了。

yǒu yì tiān shī zi mā ma dài zhe tā
有一天，狮子妈妈带着他
lái dào yí gè měi lì de dì fang tā hé shī
来到一个美丽的地方，他和狮
zi mā ma gāo xìng de zhuī zhú wán shuǎ zhe xiǎo
子妈妈高兴地追逐玩耍着。小
shī zi gāo xìng jí le dào chù pǎo ya tiào
狮子高兴极了，到处跑呀，跳
ya bù zhī shén me shí hou fā xiàn mā ma bú
呀，不知什么时候发现妈妈不

jiàn le xiǎo shī zi nán guò jí le tā zuǒ zhǎo zhao yòu zhǎo
见了，小狮子难过极了。他左找找，右找
zhao jiù shì bú jiàn mā ma de shēn yǐng xiǎo shī zi jí de kū qi
找，就是不见妈妈的身影，小狮子急得哭起
lai zhè kě zěn me bàn ya cóng cǐ xiǎo shī zi kāi shǐ le xún zhǎo mā ma de shēng huó
来，这可怎么办呀？从此小狮子开始了寻找妈妈的生活。

lù shang xiǎo shī zi pèng shàng le yì qún kuáng bēn de yě niú bèi juǎn jìn le yě niú
路上，小狮子碰上了一群狂奔的野牛，被卷进了野牛
qún li tā zhǐ hǎo gēn zhe pǎo a pǎo tū rán tā bù xiǎo xīn shuāi dǎo le tā jí máng pá
群里，他只好跟着跑啊跑。突然，他不小心摔倒了，他急忙爬
qi lai jì xù pǎo hǎo bù róng yì
起来继续跑……。好不容易，
tā bǎi tuō le yě niú qún bàng wǎn tā
他摆脱了野牛群。傍晚，他
zài cǎo cóng zhōng shuì zháo le
在草丛中睡着了。

dì èr tiān zǎo chen xiǎo shī zi
第二天早晨，小狮子
yòu kāi shǐ le yì tiān xīn de lǚ tú
又开始了一天新的旅途。

è le tā zhǐ yǒu zì jǐ bǔ shí lèi le tā jiù zài cǎo dì shang xiū xi yí huìr
饿了，他只有自己捕食；累了，他就在草地上休息一会儿。

tā zǒu le hěn duō tiān zhōng yú yǒu yì tiān tā yù dào le zì jǐ de jiā zú chéng
他走了很多天，终于有一天，他遇到了自己的家族成

yuán shū shu shěn shen men zhī dào le xiǎo shī zi de jīng lì fēi cháng tóng qíng tā yú shì shōu
员。叔叔、婶婶们知道了小狮子的经历非常同情他，于是收

liú le tā xiǎo shī zi yě yǒu le xiǎo huǒ bàn cóng cǐ
留了他。小狮子也有了小伙伴。从此，

tā měi tiān yǔ xiǎo huǒ bàn men yì qǐ wán shuǎ
他每天与小伙伴们一起玩耍。

yì tiān yì kē xiǎo shù
一天，一棵小树

wèn xiǎo shī zi nǐ zěn me
问小狮子："你怎么

bù xué diǎnr běn lǐng ne
不学点儿本领呢？"

xiǎo shī zi tīng le xiǎo shù de
小狮子听了小树的

huà yòu xiǎng qǐ le yào zhǎo
话，又想起了要找

mā ma yú shì tā kāi shǐ xué běn lǐng le
妈妈，于是他开始学本领了。

tā měi tiān zǎo zǎor qǐ lái liàn xí pǎo tiào pá shān yóu yǒng bǔ liè
他每天早早儿起来，练习跑、跳、爬山、游泳、捕猎……

jǐ nián hòu xiǎo shī zi chéng le yì tóu wēi fēng lǐn lǐn de xióng shī
几年后，小狮子成了一头威风凛凛的雄狮。

yì tiān xiǎo shī zi hé tā de huǒ bàn zhèng zài zhuī zhú yì pǐ bān mǎ shí fā xiàn yì
一天，小狮子和他的伙伴正在追逐一匹斑马时，发现一

qún shī zi zài dǎ jià yuán lái
群狮子在打架。原来，

tā men zài jìng zhēng shī wáng
他们在竞争狮王

ne xiǎo shī zi xiǎng wǒ
呢！小狮子想：我

wèi shén me bú qù shì shi
为什么不去试试

ne yú shì tā gǔ zú
呢？于是，他鼓足

le yǒng qì chōng jìn le
了勇气，冲进了

shī qún zhōng zhǐ jiàn yì tóu fēi cháng qiáng zhuàng de xióng shī zài shī qún zhōng yāng lái huí zǒu
狮群中。只见一头非常强壮的雄狮在狮群中央来回走
dòng tā de zōng máo shù lì yǎn shén xiōng měng zhōu wéi jǐ tóu luò bài de shī zi dǎn qiè de
动，他的鬃毛竖立，眼神凶猛，周围几头落败的狮子胆怯地
wéi zhe tā bù gǎn dòng tan xiǎo shī zi zōng máo yí shù dà hǒu yì
围着他，不敢动弹。小狮子鬃毛一竖，大吼一
shēng xiàng nà tóu xióng shī pū qù yì cháng è zhàn kāi shǐ le tā
声，向那头雄狮扑去，一场恶战开始了，他
men dòu de tiān hūn dì àn xiǎo shī zi píng zhe zì jǐ de zhì
们斗得天昏地暗。小狮子凭着自己的智
huì hé yǒng qì zhōng yú zhàn shèng
慧和勇气，终于战胜
le nà tóu qiáng zhuàng de xióng shī
了那头强壮的雄狮。
cóng cǐ xiǎo shī zi chéng le shī
从此，小狮子成了狮
qún de shǒu lǐng dà cǎo yuán shang
群的首领，大草原上
de dòng wù zhǐ yào tīng dào tā de
的动物只要听到他的

hǒu shēng dōu hěn hài pà
吼声都很害怕。

shī zi shǒu lǐng yòu kāi shǐ le xún
狮子首领又开始了寻
zhǎo mā ma de shēng huó yì tiān yòu yì
找妈妈的生活，一天又一
tiān lì jīng fēng yǔ zuì hòu tā zhōng
天，历经风雨，最后他终
yú zhǎo dào le shī sàn duō nián de mā ma tā hé
于找到了失散多年的妈妈，他和
mā ma yòu xiàng xiǎo shí hou nà yàng xìng fú de zhuī zhú guò zhe kuài lè de shēng huó
妈妈又像小时候那样幸福地追逐，过着快乐的生活。

小狮子小时候与妈妈走散了。不过它非常坚强，后来听了小树的话，练就了一身本领，还成了狮群的首领，最后也找到了妈妈。这些与它的坚强、不怕苦的精神是分不开的。

xiǎo hé mǎ jiǎn féi

小河马减肥

hé mǎ mā ma shēng le yí gè xiǎo bǎo bǎo hé mǎ bà ba hé hé mǎ mā ma fēi cháng
河马妈妈生了一个小宝宝，河马爸爸和河马妈妈非常
gāo xìng duì xiǎo bǎo bǎo shí fēn téng ài hé mǎ bǎo bǎo zhǎng
高兴，对小宝宝十分疼爱。河马宝宝长
de pàng hū hū de hé mǎ bà ba hé hé mǎ mā ma jiù
得胖乎乎的，河马爸爸和河马妈妈就
gěi xiǎo bǎo bǎo qǐ le yí gè xiǎo míngr jiào pàng pang
给小宝宝起了一个小名儿，叫胖胖。

xiǎo hé mǎ cóng xiǎo jiù hěn xǐ huan chī
小河马从小就很喜欢吃
dōng xi yì tiān dào wǎn zuǐ ba jiù méi tíng
东西，一天到晚嘴巴就没停
guo hé mǎ bà ba hé hé mǎ mā ma kàn dào
过。河马爸爸和河马妈妈看到
bǎo bǎo xǐ huan chī dōng xi xīn li yě tè bié
宝宝喜欢吃东西，心里也特别

gāo xìng rèn wéi shì hǎo shì bú dàn bù zǔ zhǐ fǎn ér gěi bǎo bǎo mǎi gèng duō hǎo chī de
高兴，认为是好事，不但不阻止，反而给宝宝买更多好吃的
dōng xi chī a chī a bǎo bǎo chéng le míng fù qí shí de pàng pang le
东西。吃啊吃啊，宝宝成了名副其实的“胖胖”了。

xiǎo hé mǎ zhǎng dà le zhōng yú shàng xué le kāi shǐ de shí hou xiǎo hóu hé xiǎo tù
小河马长大了，终于上学了。开始的时候，小猴和小兔
tóng xiǎo hé mǎ yì qǐ chī fàn kě shì xiǎo hé
同小河马一起吃饭，可是小河
mǎ zǒng shì bǎ sān ge rén de fàn fàng zài zì
马总是把三个人的饭放在自
jǐ nà lǐ zuǐ li chī zhe shǒu li hái děi
己那里，嘴里吃着，手里还得
ná zhe fàn cài méi děng xiǎo hóu hé xiǎo tù
拿着。饭菜没等小猴和小兔
chī jiù bèi xiǎo hé mǎ quán dōu chī méi le
吃，就被小河马全都吃没了。
hòu lái xiǎo hóu hé xiǎo tù zài yě bù hé xiǎo
后来，小猴和小兔再也不和小
hé mǎ yì qǐ chī fàn le xiǎo hé mǎ rěn bu
河马一起吃饭了。小河马忍不

zhù qù wèn xiǎo xiā　nǐ men wèi shén me bù gēn wǒ wán
住去问小虾:“你们为什么不跟我玩?”

xiǎo xiā bú nài fán de shuō　nǐ pàng hū hū de　zǒu yòu zǒu bu kuài　pǎo yě pǎo bu
小虾不耐烦地说:“你胖乎乎的,走又走不快,跑也跑不

dòng　shéi xǐ huan gēn nǐ yì qǐ wán　shuō wán　kàn yě bú kàn xiǎo hé mǎ yì yǎn　jiù zì
动,谁喜欢跟你一起玩!”说完,看也不看小河马一眼,就自

jǐ zǒu le
己走了。

xiǎo hé mǎ hěn bù gāo xìng　xīn xiǎng　wǒ zhǎng de pàng
小河马很不高兴,心想:我长得胖,

shì yīn wèi wǒ chī de hǎo　biǎo shì wǒ
是因为我吃得好,表示我

shēn tǐ bàng　bù hé wǒ wán jiù bù hé
身体棒。不和我玩就不和

wǒ wán　wǒ hái bù xiǎng hé nǐ men wán
我玩,我还不想和你们玩

ne　yú shì　xiǎo hé mǎ jiù
呢!于是,小河马就

yí gè rén wán　dàn kàn zhe
一个人玩,但看着

xiǎo huǒ bàn men zài yì qǐ zuò yóu xì xiǎo hé mǎ hái shi hěn xiàn mù
小伙伴们在一起做游戏，小河马还是很羡慕。

shàng tǐ yù kè le lǎo shī ràng dà jiā liàn xí pǎo mǐ xiǎo
上体育课了，老师让大家练习跑50米。小
huǒ bàn men yí gè gè dōu pǎo wán le kě shì xiǎo hé mǎ hái zhǐ shì zài
伙伴们一个个都跑完了，可是小河马还只是在
qǐ pǎo xiàn shang mó ceng
起跑线上磨蹭。

lǎo shī shuō pàng pang nǐ wèi shén
老师说：“胖胖，你为什
me hái bù pǎo kuài diǎnr pǎo a
么还不跑？快点儿跑啊！”

xiǎo hé mǎ huí dá shuō lǎo shī
小河马回答说：“老师，
wǒ zhèng zài nǔ lì de pǎo a
我正在努力地跑啊！”

xiǎo huǒ bàn men yì tīng lì jí dà
小伙伴们一听，立即大
xiào qi lai yǒu de shuō nǐ zhè yě jiào
笑起来。有的说：“你这也叫

pǎo a lián pá yě suàn bu shàng yǒu de shuō pàngpang tài pàng le pǎo bu dòng le
跑啊，连爬也算不上！”有的说：“胖胖太胖了，跑不动了！”

xiǎo hé mǎ tīng le shāng xīn de lí kāi le xué xiào pā zài yí kuài dà shí tou shang kū le
小河马听了，伤心地离开了学校，趴在一块大石头上哭了。

zhèng hǎo fēng wá wa lù guò tīng dào le xiǎo hé mǎ de kū shēng biàn fēi dào pàngpang de shēn biān shuō pàngpang nǐ zěn me le xiǎo hé mǎ wěi qu de shuō xiǎo huǒ bàn men dōu xián wǒ pàng dōu bú yuàn yì hé wǒ wán hái cháo xiào wǒ
正好风娃娃路过，听到了小河马的哭声，便飞到胖胖的身边说：“胖胖，你怎么了？”小河马委屈地说：“小伙伴们都嫌我胖，都不愿意和我玩，还嘲笑我。”

fēng wá wa tīng le xiào zhe shuō pàngpang
风娃娃听了，笑着说：“胖胖，

nǐ bú yào kū cóng míng tiān qǐ nǐ měi tiān fàng xué
你不要哭，从明天起，你每天放学
hòu dào zhè lǐ lái wǒ jiāo nǐ duàn liàn shēn tǐ
后到这里来，我教你锻炼身体。”

cóng nà yǐ hòu xiǎo hé mǎ měi tiān zǎo zǎor
从那以后，小河马每天早早儿
qǐ chuáng xǐ shù wán jiù dào hé àn biān lái gēn zài
起床，洗漱完就到河岸边来，跟在
fēng wá wa hòu miàn pǎo bù duàn liàn shēn tǐ huí dào jiā yǐ hòu xiǎo hé mǎ zài yě bú luàn
风娃娃后面跑步，锻炼身体。回到家以后，小河马再也不乱
chī dōng xi le tā de péng you màn màn duō le qǐ lái
吃东西了。他的朋友慢慢多了起来。

小河马就是因为胖，做什么事都不方便，小朋友也不喜欢和它玩。后来小河马终于在风娃娃的帮助下，坚持锻炼，改掉了坏习惯，成了健康的孩子，也有了好朋友。

mì fēng hé qiū yǐn
蜜蜂和蚯蚓

hěn jiǔ hěn jiǔ yǐ qián sēn lín fù jìn shēng huó zhe yì zhī qiū yǐn hé yì zhī mì fēng
很久很久以前，森林附近生活着一只蚯蚓和一只蜜蜂，
tā men zhǎng de hěn xiāng sì qiū yǐn zhǎng zhe yòu cū yòu pàng de shēn zi dà dà de nǎo dai
他们长得很相似：蚯蚓长着又粗又胖的身子，大大的脑袋，
jǐ tiáo duǎn duǎn de tuǐ mì fēng de shēn zi yě shì cū cū de
几条短短的腿；蜜蜂的身子也是粗粗的、
pàng pàng de hái zhǎng le liù tiáo tuǐ méi
胖胖的，还长了六条腿，没
yǒu chì bǎng yě bú huì fēi tā men měi tiān
有翅膀，也不会飞。他们每天
dōu dào sēn lín li qù cǎi zhāi jiāng guǒ chī
都到森林里去采摘浆果吃，
chī bǎo hòu jiù gāo xìng de chàng zhe
吃饱后就高兴地唱着
gē tiào zhe wǔ shēng huó de tè
歌，跳着舞，生活得特

bié kāi xīn
别开心。

hòu lái qiū yǐn duì mì fēng shuō nǐ zì jǐ qù cǎi jiāng guǒ
后来，蚯蚓对蜜蜂说：“你自己去采浆果
ba rán hòu dài hui lai wǒ men yì qǐ chī mì fēng dā ying le
吧，然后带回来我们一起吃。”蜜蜂答应了。

cóng cǐ yǐ hòu mì fēng zǎo chū wǎn guī qù sēn lín li cǎi jiāng guǒ mì fēng yí cì yòu
从此以后，蜜蜂早出晚归去森林里采浆果。蜜蜂一次又
yí cì de pá shù yòng lì cháo shàng pá yí bù bèi shang de róng máo jiù chàn dòng yí xià
一次地爬树，用力朝上爬一步，背上的茸毛就颤动一下，
mì fēng bù tíng de yòng lì cháo shàng pá bèi shang de róng máo jiù bù
蜜蜂不停地用力朝上爬，背上的茸毛就不
tíng de chàn dòng màn màn de bèi shang de
停地颤动，慢慢地，背上的
róng máo yǒu jǐ gēn jiù zhǎng dà
茸毛有几根就长大
le biàn chéng sì ge
了，变成四个
xiǎo piàn piànr le
小片片儿了。

zhè sì ge xiǎo piàn piànr yì zhǎng chu lai jiù hěn zì rán de suí zhe mì fēng de dòng zuò pū
这四个小片片儿一长出来，就很自然地随着蜜蜂的动作扑
shan qi lai yǒu le zhè sì ge xiǎo piàn piànr mì fēng de shēn zi yě biàn qīng le zhàn yě
扇起来。有了这四个小片片儿，蜜蜂的身子也变轻了，站也
zhàn de wěn le zhè sì ge xiǎo piàn piànr yuè zhǎng yuè dà màn màn de jiù zhǎng chéng chì bǎng
站得稳了。这四个小片片儿越长越大，慢慢地就长成翅膀
le mì fēng hái xué qǐ le yòng huā fěn niàng mì
了。蜜蜂还学起了用花粉酿蜜。

qiū yǐn ne hái dāi zài
蚯蚓呢，还待在
nà ge lǎo dì fang shuì xǐng le
那个老地方，睡醒了
jiù chī chī bǎo le jiù shuì
就吃，吃饱了就睡。
lián gē dōu lǎn de chàng le yì
连歌都懒得唱了。一
tiān mì fēng zhōng yú niàng chéng
天，蜜蜂终于酿成
le mì tā xiǎng qǐng qiū yǐn lái
了蜜，他想请蚯蚓来

chángchang tā zuò de tè bié tián de mì bìng qiě bǎ zì jǐ xué huì de běn lǐng jiāo gěi qiū
尝尝他做的特别甜的蜜，并且把自己学会的本领教给蚯
yǐn ràng qiū yǐn yě hǎo hāor láo dòng
蚓，让蚯蚓也好好儿劳动。

mì fēng yì biān fēi yì biān hǎn zhe qiū yǐn kě shì mì fēng fēi lái fēi qù dōng zhǎo
蜜蜂一边飞一边喊着蚯蚓。可是，蜜蜂飞来飞去，东找
xī zhǎo zhǎo le bàn tiān yě zhǎo bu dào lǎo péng you de yǐng zi
西找，找了半天，也找不到老朋友的影子。
qiū yǐn dào nǎr qù le ne
蚯蚓到哪儿去了呢？

yuán lái zài zhè yí duàn shí jiān li
原来在这一段时间里，
qiū yǐn yě biàn le yàngr tā běn
蚯蚓也变了样儿，他本
lái tuǐ jiù hěn duǎn xiǎo yīn wèi lǎo
来腿就很短小，因为老
bù huó dòng jiù yì tiān yì tiān biàn
不活动，就一天一天变
de gèng jiā duǎn xiǎo
得更加短小。

mì fēng bǎ qiū yǐn qǐng lái zhǐ
蜜蜂把蚯蚓请来，指
zhe zhuō shang de yí guàn mì shuō zhè
着桌上的一罐蜜说：“这
shì wǒ gāng niàng hǎo de qǐng nǐ cháng
是我刚酿好的，请你尝
chang xiān ba qiū yǐn chī de fēi cháng
尝鲜吧！”蚯蚓吃得非常
gāo xìng huí jiā hòu tǎng zài chuáng
高兴。回家后，躺在床
shang hái zài xiǎng zhe mì de tián měi zī
上还在想着蜜的甜美滋
wèi xīn xiǎng shì shang jìng yǒu zhè yàng hǎo chī de dōng xi xiǎng zhe xiǎng zhe kǒu shuǐ jiù liú
味，心想：世上竟有这样好吃的东西，想着想着，口水就流
le chū lái tā yuè xiǎng yuè chán shí zài rěn bu zhù le jiù liū dào mì fēng jiā qù tōu mì
了出来。他越想越馋，实在忍不住了，就溜到蜜蜂家去偷蜜
chī mì fēng fā xiàn mì shǎo le jiù qù wèn qiū yǐn kàn méi kàn jiàn shì shéi tōu le tā de
吃。蜜蜂发现蜜少了，就去问蚯蚓看没看见是谁偷了他的
mì qiū yǐn hóng zhe liǎn shuō méi kàn jiàn ya kě néng shì hú dié tōu de ba jiù zhè
蜜。蚯蚓红着脸说：“没看见呀！可能是蝴蝶偷的吧？”就这

yàng mì fēng de mì tiān tiān jiàn shǎo tā jué xīn zhuā zhù tōu mì zéi
样，蜜蜂的蜜天天见少，他决心抓住偷蜜贼。

yì tiān mì fēng méi qù cǎi huā fěn ér shì duǒ dào wū hòu cǎo cóng li guān chá yí
一天，蜜蜂没去采花粉，而是躲到屋后草丛里观察。一
huìr jiù kàn jiàn qiū yǐn liū jin lai tōu mì chī mì fēng yì bǎ zhuā zhù qiū yǐn zé bèi tā
会儿就看见蚯蚓溜进来偷蜜吃，蜜蜂一把抓住蚯蚓，责备他
shuō nǐ bù yīng gāi tōu hǎo péng you de mì ya qiū yǐn xiū hóng le liǎn yì tóu zuān dào
说："你不应该偷好朋友的蜜呀！"蚯蚓羞红了脸，一头钻到
dì xià zài yě méi liǎn chū lái le tā jué xīn yòng zì jǐ de láo dòng gǎi biàn zì jǐ de xíngxiàng
地下再也没脸出来了。他决心用自己的劳动改变自己的形象。

蚯蚓和蜜蜂本来长得很相似，可由于蚯蚓太懒惰，最后与蜜蜂有了很大差别。其实学习也是一样的，如果你不努力，时间长了就会被落在后面了。

xiǎo hóu xià shān
小猴下山

zài yí zuò hěn gāo de dà shān shang zhù zhe yì zhī xiǎo hóu zi yǒu yì tiān tā xiǎng
在一座很高的大山上，住着一只小猴子。有一天，他想
dào shān xià qù zǒu zou kàn kan yǒu shén me hǎo chī de hǎo wánr
到山下去走走，看看有什么好吃的，好玩儿
de dài diǎnr huí lái yú shì tā zǒu le xǔ duō de
的，带点儿回来。于是他走了许多的
lù lái dào le shān xià tā kàn dào qián miàn yǒu yí piàn
路，来到了山下。他看到前面有一片
táo shù lín táo shù shang jiē mǎn le táo zi
桃树林，桃树上结满了桃子，
yòu dà yòu hóng xiǎo hóu zi gāo xìng jí
又大又红。小猴子高兴极
le tā pá dào shù shang zhāi le
了，他爬到树上摘了
yí gè zuì dà zuì hóng de táo
一个最大最红的桃

zi gāo gāo xìng xìng de wǎng qián zǒu
子，高高兴兴地往前走。

tā zǒu le hěn cháng shí jiān jīng guò le yí piàn yù mǐ dì xiǎo hóu zi zhǐ zhe yù mǐ
他走了很长时间，经过了一片玉米地，小猴子指着玉米

shuō zhè wán yìr chuān zhe lǜ páo zi zhǎng zhe cháng hú zi shān shang kě méi yǒu tā
说：“这玩意儿穿着绿袍子，长着长胡子，山上可没有它，

wǒ zhāi yí gè dài hui qu yú shì tā bāi le yí gè dà yù mǐ rēng
我摘一个带回去。”于是他掰了一个大玉米，扔

xià le táo zi gāo gāo xìng xìng de jì xù wǎng qián zǒu
下了桃子，高高兴兴地继续往前走。

xiǎo hóu zi yòu wǎng qián zǒu le yí duàn lù lái
小猴子又往前走了一段路，来

dào le yí piàn xī guā dì xiǎo hóu zi yòu gāo
到了一片西瓜地。小猴子又高

xìng le dà xī guā zhēn hǎo shān
兴了：“大西瓜真好，山

shang kě méi yǒu wǒ yào zhāi yí gè
上可没有，我要摘一个

dài hui qu tā rēng xià le yù mǐ
带回去。”他扔下了玉米，

bào le yí gè dà xī guā gāo xìng de wǎng qián zǒu
抱了一个大西瓜，高兴地往前走。

zǒu a zǒu dà xī guā tài zhòng le tā jiù fàng xià xī guā zuò zài dì shang xiū xi
走啊走，大西瓜太重了。他就放下西瓜坐在地上休息。

hū rán yì zhī tù zi bèng bèng tiào tiào de cóng tā shēn biān pǎo guò xiǎo hóu zi yí xià zi
忽然，一只兔子蹦蹦跳跳地从他身边跑过，小猴子一下子

bèng le qǐ lái dà shēng shuō yào shi zhuā zhī tù zi huí qù jiù
蹦了起来，大声说：“要是抓只兔子回去，就

gèng dài jìnr la shuō zhe jiù qù zhuī nà
更带劲儿啦！”说着，就去追那

zhī tù zi kě shì tù zi pǎo de tài
只兔子。可是，兔子跑得太

kuài le yí xià zi jiù méi yǐngr le
快了，一下子就没影儿了。

zhè shí tiān yě hēi le xiǎo hóu
这时天也黑了，小猴

zi yòu lèi yòu pà liǎng shǒu kōng kōng de
子又累又怕，两手空空地

huí shān shang qù le
回山上去了。

mão hé lǎo shǔ

猫和老鼠

hěn jiǔ hěn jiǔ yǐ qián māo bú dàn bù chī lǎo shǔ ér qiě tā men hái shi hǎo péng you
很久很久以前，猫不但不吃老鼠，而且他们还是好朋友。

yǒu yì zhī māo hé yì zhī lǎo shǔ zhù zài yì qǐ dōng tiān
有一只猫和一只老鼠住在一起。冬天

kuài dào le tā men mǎi le yì tán zi zhū yóu zhǔn
快到了，他们买了一坛子猪油准

bèi guò dōng chī lǎo shǔ shuō zhū yóu fàng
备过冬吃。老鼠说："猪油放

zài jiā li wǒ zuǐ chán bù rú cáng dào yuǎn
在家里，我嘴馋，不如藏到远

yì diǎnr de dì fang qù dào dōng tiān zài
一点儿的地方去，到冬天再

qǔ lái chī māo shuō xíng a
取来吃。"猫说："行啊。"

tā men chèn tiān hēi bǎ zhè tán zi zhū
他们趁天黑，把这坛子猪

yóu sòng dào lí jiā shí lǐ yuǎn de dà miào li cáng qi lai
油送到离家十里远的大庙里藏起来。

yǒu yì tiān lǎo shǔ tū rán shuō wǒ dà jiě yào shēng hái zi shāo xìn ràng wǒ
有一天，老鼠突然说：“我大姐要生孩子，捎信让我

qù māo shuō qù ba lù shang yào xiǎo xīn a
去。”猫说：“去吧，路上要小心啊。”

tiān kuài hēi shí lǎo shǔ huí lái le dù zi chī de gǔ gǔ de zuǐ ba yóu guāng guāng
天快黑时，老鼠回来了，肚子吃得鼓鼓的，嘴巴油光光

de māo wèn nǐ dà jiě shēng le shá ya shēng le ge bái pàng xiǎo zi māo yòu wèn
的。猫问：“你大姐生了啥呀？”“生了个白胖小子。”猫又问：

qǐ ge shén me míng zi ya lǎo shǔ zhuàn yi zhuàn
“起个什么名字呀？”老鼠转一转

yǎn zhū shuō jiào jiào yì céng
眼珠说：“叫，叫一层。”

yòu guò le shí lái tiān
又过了十来天，

lǎo shǔ yòu shuō wǒ èr jiě
老鼠又说：“我二姐

yòu yào shēng hái zi qǐng wǒ
又要生孩子，请我

qù chī fàn māo shuō zǎo qù zǎo huí lǎo shǔ biān dā ying biān wǎng wài zǒu
去吃饭。”猫说：“早去早回。”老鼠边答应边往外走。

tiān hēi le lǎo shǔ huí lái le tiǎn zhe dù zi mǎn zuǐ dōu shì yóu māo wèn nǐ
天黑了，老鼠回来了，腆着肚子，满嘴都是油。猫问：“你

èr jiě shēng le shá ya shēng ge bái pàng yā tou qǐ ge shén me míng zi ya
二姐生了啥呀？”“生个白胖丫头。”“起个什么名字呀？”

jiào yí bàn
“叫一半”。

yòu guò le qī bā tiān lǎo shǔ yòu shuō wǒ sān jiě shēng hái zi qǐng
又过了七八天，老鼠又说：“我三姐生孩子，请

wǒ qù māo shuō bié huí lái wǎn le
我去。”猫说：“别回来晚了。”

tiān dà hēi shí lǎo shǔ
天大黑时，老鼠

huí lái le yí jìn wū dài lái
回来了，一进屋带来

yì gǔ yóu wèir duì māo shuō
一股油味儿，对猫说：

wǒ sān jiě yě shēng le ge bái
“我三姐也生了个白

pàng xiǎo zi qǐ míng jiào jiàn dǐ
胖小子，起名叫见底。”

sān jiǔ tiān dào le yì lián xià le sān sì tiān de dà xuě māo shuō kuài guò nián
三九天到了，一连下了三四天的大雪。猫说：“快过年

le shén me shí wù yě zhǎo bu dào míng tiān zán bǎ zhū yóu qǔ hui lai ba
了，什么食物也找不到，明天咱把猪油取回来吧。”

dì èr tiān yì zǎo lǎo shǔ zǒu zài qián bian māo gēn zài hòu bian bèn dà miào zǒu qù
第二天一早，老鼠走在前边，猫跟在后边，奔大庙走去。

dào le dà miào li māo yì yǎn jiù kàn dào fáng liáng shang dōu shì lǎo shǔ de jiǎo yìn tán zi xiàng bèi kāi guo māo jí máng dǎ kāi tán zi yí kàn zhū yóu jiàn dǐ le māo yí xià zi quán míng bai le dèng
到了大庙里，猫一眼就看到房梁上都是老鼠的脚印，坛子像被开过。猫急忙打开坛子一看，猪油见底了。猫一下子全明白了，瞪

yuán shuāng yǎn dà shēng shuō shì nǐ gěi chī jiàn dǐ
圆双眼大声说：“是你给吃见底
le lǎo shǔ gāng zhāng kǒu jiàn māo yǐ jīng pū guo
了？”老鼠刚张口，见猫已经扑过
lai jiù zhuǎn shēn tiào xià dì māo jǐn zhuī zài tā de
来，就转身跳下地。猫紧追在他的
hòu miàn mǎ shàng jiù zhuī shàng le lǎo shǔ yì zháo jí zuān dào zhuān fèngr li qù le
后面，马上就追上了，老鼠一着急，钻到砖缝儿里去了。

hòu lái lǎo shǔ yí jiàn dào māo jiù táo māo yí jiàn dào lǎo shǔ jiù zhuā
后来，老鼠一见到猫就逃，猫一见到老鼠就抓。

老鼠也太不讲义气了，竟然把它和猫储藏冬天吃的猪油偷偷吃光了。那就别怪猫生气，不与它做朋友了，谁让它与朋友相处时不诚实、不讲信用呢！

gōng jī hé qū qur

公鸡和蛐蛐儿

yǒu yì zhī dà gōng jī zhù zài chéng li de yí gè dà yuàn zi li tā zhǎng de tè
有一只大公鸡，住在城里的一个大院子里。他长得特

bié piào liang gāo gāo de hóng guān zi shēn shang pī mǎn le xiàng huǒ yí
别漂亮，高高的红冠子，身上披满了像火一
yàng hóng de dài jīn sè de yǔ máo wěi ba shang de yǔ máo shì wū hēi
样红的带金色的羽毛。尾巴上的羽毛是乌黑
wū hēi de shǎn zhe liàng guāng zài nà ge dà yuàn zi li
乌黑的，闪着亮光，在那个大院子里
de yā zi yǔ tā xiāng bǐ zhēn shi xùn sè de duō le jiù
的鸭子与他相比，真是逊色得多了，就
shì zài zhè ge chéng shì li kǒng pà yě hěn nán zhǎo
是在这个城市里，恐怕也很难找
dào xiàng tā zhè yàng de dà gōng jī le
到像他这样的大公鸡了。

qù nián qiū tiān zhè zhī dà gōng jī dào chéng
去年秋天，这只大公鸡到城

wài qù sàn bù tīng dào liǎng zhī qū qur zài shuō huà yì zhī qū qur shuō wǒ míng tiān
外去散步，听到两只蛐蛐儿在说话。一只蛐蛐儿说：“我明天
yào chī diào yì tóu lǘ lìng yì zhī qū qur shuō zhè yǒu shén me liǎo bu qǐ míng tiān
要吃掉一头驴。”另一只蛐蛐儿说：“这有什么了不起！明天
wǒ yào bǎ yì zhī lǎo hǔ yì kǒu tūn xia qu zhè liǎng zhī qū qur qiáo jiàn zhè zhī dà gōng
我要把一只老虎一口吞下去。”这两只蛐蛐儿瞧见这只大公
jī tā men dōu shuō hē yì zhī dà gōng jī zán men chī diào tā bié jiào tā pǎo la
鸡，他们都说：“呵，一只大公鸡！咱们吃掉他，别叫他跑啦。”

tā men jiù yí xià zi chōng guo qu xiǎng chī diào
他们就一下子冲过去，想吃掉
zhè zhī dà gōng jī dà gōng jī kě qì huài
这只大公鸡。大公鸡可气坏
le tā yí xià zi zài dì shang zhuó
了，他一下子在地上啄
le liǎng xià jiù bǎ liǎng zhī qū qur
了两下，就把两只蛐蛐儿
tūn dào dù zi li qù le
吞到肚子里去了。

cóng nà tiān qǐ dà gōng jī
从那天起，大公鸡

zài yě bù zhuō xiǎo chóng zi chī le tā jiù shì yào yí xià zi chī dào liǎng zhī qū qur
再也不捉小虫子吃了，他就是要一下子吃到两只蛐蛐儿。

tā děng zhe děng zhe dōng tiān guò qù le chūn tiān guò qù le xià tiān guò qù le qiū tiān
他等着等着，冬天过去了，春天过去了，夏天过去了，秋天

zhōng yú lái le tā yòu dào chéng wài qù sàn bù xiǎng zài yí xià zi chī dào liǎng zhī qū qur
终于来了。他又到城外去散步，想再一下子吃到两只蛐蛐儿。

nà tiān tā zhǐ kàn dào le yì zhī xiǎo qū qur zài yì kē gǒu wěi cǎo páng biānr
那天他只看到了一只小蛐蛐儿，在一棵狗尾草旁边儿

bèng zhe tiào zhe
蹦着跳着。

dà gōng jī gù yì bǎ
大公鸡故意把

tóu áng de gāo gāo de mài
头昂得高高的，迈

zhe dà bù zǒu guo
着大步走过

qu duì zhè zhī qū
去，对这只蛐

qur shuō nǐ bù
蛐儿说：“你不

zhī dào ma qián jǐ tiān nǐ de bà ba mā ma zài chuī niú pí bèi wǒ yì kǒu tūn dào dù zi
知道吗？前几天你的爸爸妈妈在吹牛皮，被我一口吞到肚子

li qù le xiǎo qū qur tīng bù dǒng tā shuō wǒ de bà ba mā ma dōu zài jiā zěn
里去了。”小蛐蛐儿听不懂，他说：“我的爸爸妈妈都在家，怎

me huì dào nǐ de dù zi li qù ne xiǎo qū qur xiǎng qi lai le à nǐ shuō de
么会到你的肚子里去呢？”小蛐蛐儿想起来了：“啊，你说的

nà liǎng zhī qū qur bú shì wǒ de bà ba mā ma nà liǎng zhī qū qur lǎo shì ài chuī
那两只蛐蛐儿不是我的爸爸妈妈。那两只蛐蛐儿老是爱吹

niú hòu lái bèi yì zhī dà gōng jī chī diào la
牛，后来被一只大公鸡吃掉啦。

yuán lái nà zhī dà gōng jī jiù shì nǐ
原来那只大公鸡就是你

ya dà gōng jī bǎ tóu tái de
呀！”大公鸡把头抬得

gèng gāo le tā duì xiǎo qū qur
更高了，他对小蛐蛐

shuō nǐ zhī dào wǒ de lì
儿说：“你知道我的厉

hài le ba nà nǐ hái bù guāi guāi tiào dào
害了吧？那你还不乖乖跳到

wǒ de zuǐ li lái xiǎo qū qur tīng le hěn shēng qì jiù hé dà gōng jī dòu le qǐ lái
我的嘴里来!”小蛐蛐儿听了很生气,就和大公鸡斗了起来。

dà gōng jī pāi pai chì bǎng chōng guo qu duì zhǔn xiǎo qū qur hěn hěn de zhuó le yí
大公鸡拍拍翅膀冲过去,对准小蛐蛐儿狠狠地啄了一

xià tā xiǎng zhè xià zi kě ràng wǒ chī dào le kě shì tā zǐ xì yì qiáo zhǐ zhuó dào kuài
下。他想:这下子可让我吃到了。可是他仔细一瞧,只啄到块

ní xiǎo qū qur bú jiàn le yuán lái qū qur yǐ jīng tiào dào dà gōng jī de bèi shang
泥,小蛐蛐儿不见了。原来蛐蛐儿已经跳到大公鸡的背上

qù le dà gōng jī huǒr le tā zhuǎn dòng bó zi
去了。大公鸡火儿了,他转动脖子,

wǎng zì jǐ de bèi shang zhuó qù xiǎo qū
往自己的背上啄去。小蛐

qur yòu tiào tiào dào tā de tóu shang
蛐儿又跳,跳到他的头上

qù zhāng kāi yí duì dà yá xiàng qián zi
去,张开一对大牙,像钳子

shì de jǐn jǐn de yǎo zhù tā
似的紧紧地咬住他

de hóng guān zi dà gōng jī tòng
的红冠子,大公鸡痛

de luàn bèng luàn jiào xiǎo qū qur
得乱蹦乱叫。小蛐蛐儿
shuō nǐ shuō zài yě bù jiāo ào le
说："你说再也不骄傲了，
wǒ jiù fàng le nǐ dà gōng jī zhǐ
我就放了你。"大公鸡只
hǎo duì xiǎo qū qur shuō wǒ zài
好对小蛐蛐儿说："我再
yě bù jiāo ào le nǐ fàng le wǒ ba xiǎo qū qur hěn kuài tiào dào dì shang zuān jìn yě
也不骄傲了，你放了我吧！"小蛐蛐儿很快跳到地上，钻进野
cǎo duī li qù le
草堆里去了。

dà gōng jī hái xiǎng qù zhuī nà zhī xiǎo qū qur chī diào tā yě hǎo chū kǒu qì
大公鸡还想去追那只小蛐蛐儿，吃掉他，也好出口气。
kě shì xiǎo qū qur zǎo jiù huí dào zì jǐ de jiā li le cóng cǐ dà gōng jī zài yě bù
可是小蛐蛐儿早就回到自己的家里了。从此，大公鸡再也不
gǎn jiāo ào le
敢骄傲了。

běi fēng hé tài yáng
北风和太阳

běi fēng hé tài yáng shì hěn yào hǎo de péng you kě zhè tiān tā men què wèi le yí jiàn shì nǐ yì yán wǒ yì yǔ de zhēng chǎo qi lai le

北风和太阳是很要好的朋友。可这天，他们却为了一件事，你一言我一语地争吵起来了。

wǒ shì zuì lì hai de rén men dōu pà wǒ běi fēng jiāo ào de shuō tài yáng yě bù gān shì ruò dà dì wàn wù dōu lí bù kāi wǒ wēn nuǎn de yáng guāng

“我是最厉害的，人们都怕我。”北风骄傲地说。太阳也不甘示弱：“大地万物都离不开我温暖的阳光。”

chǎo lái chǎo qù shéi yě bù fú qì nà jiù lái jiào liàng jiào liàng ba

吵来吵去，谁也不服气，那就来较量较量吧。

zhèng zài zhè shí tā men kàn jiàn yí gè rén zài gǎn lù tā wài miàn chuān zhe yí jiàn

正在这时，他们看见一个人在赶路，他外面穿着一件

dà yī běi fēng tí yì shuō zhè yàng ba wǒ men yě bié zhēng le rú guǒ shéi néng ràng zhè
大衣，北风提议说：“这样吧，我们也别争了，如果谁能让这
ge rén tuō xià yī fu shéi jiù lì hai tài yáng gāo xìng de dā ying le
个人脱下衣服，谁就厉害。”太阳高兴地答应了。

tài yáng ràng běi fēng xiān shì yi shì tā de běn lǐng zì jǐ duǒ zài yún li kàn běi fēng
太阳让北风先试一试他的本领，自己躲在云里看。北风
lì kè chōng shang qu duì zhe xíng rén měng liè de chuī qi lai hū hū de chuī
立刻冲上去，对着行人猛烈地吹起来，呼呼地吹
le yí zhèn nà ge xíng rén
了一阵，那个行人
tài lěng le bú dàn méi yǒu
太冷了，不但没有
tuō yī fu fǎn ér bǎ yī
脱衣服，反而把衣
fu guǒ de gèng jǐn le
服裹得更紧了。

bù fú qì de běi fēng
不服气的北风
cóng yún li zǒu chu lai shǐ
从云里走出来，使

chū gèng dà de lì qi hū hū de chuī zhe tā zhōu wéi de wū yún
出更大的力气，呼呼地吹着，他周围的乌云

lěng de dōu duǒ le qǐ lái běi fēng xiǎng zhè huí kàn nǐ tuō bu tuō
冷得都躲了起来。北风想：这回看你脱不脱

yī fu xíng rén bù jǐn méi yǒu tuō
衣服。行人不仅没有脱

yī fu fǎn ér cóng bāo li yòu ná chū le jiàn hòu hòu de yī
衣服，反而从包里又拿出了件厚厚的衣

fu chuān shàng le
服穿上了。

zuì hòu běi fēng zhǐ de fàng qì ràng tài yáng
最后北风只得放弃，让太阳

lái shì yi shì tài yáng zǒu
来试一试。太阳走

guo lai jiāng wēn nuǎn de yáng
过来将温暖的阳

guāng zhào zài xíng rén de shēn
光照在行人的身

shang xíng rén lì jí tuō diào
上，行人立即脱掉

le hòu chuān shàng de yī fu
了后穿上的衣服。

dāng tài yáng fā chū gèng qiáng liè de
当太阳发出更强烈的

yáng guāng shí xíng rén hàn liú jiā bèi tā
阳光时，行人汗流浃背，他

zài yě rěn bu zhù le tuō diào le shēn shang
再也忍不住了，脱掉了身上

de yī fu tiào dào le hé li xǐ qǐ zǎo lai
的衣服，跳到了河里洗起澡来。

běi fēng kàn jiàn zhè ge qíng xíng zhǐ hǎo rèn shū le tài yáng duì běi fēng shuō zhè cì
北风看见这个情形，只好认输了。太阳对北风说：“这次

shì nǐ shū le kě wǒ méi yǒu bàn fǎ jiào nà ge rén zài chuān shàng yī fu yào tā chuān
是你输了，可我没有办法叫那个人再穿上衣服。要他穿

shàng yī fu hái děi kào nǐ de běn lǐng ne
上衣服，还得靠你的本领呢。”

shuō wán liǎng ge rén hā hā dà xiào qi lai hé hǎo rú chū le
说完，两个人哈哈大笑起来，和好如初了。

wū yā hé hú li

乌鸦和狐狸

sēn lín li yǒu kē hǎo dà hǎo dà de shù shù shang
森林里有棵好大好大的树，树上
zhù zhe wū yā shù xià yǒu ge dòng dòng li zhù zhe yì
住着乌鸦。树下有个洞，洞里住着一
zhī hú li
只狐狸。

yì tiān wū yā diāo lái yí kuài ròu zhàn zài shù
一天，乌鸦叼来一块肉，站在树
shang xiū xi bèi hú li kàn dào le hú li chán de
上休息，被狐狸看到了。狐狸馋得
zhí liú kǒu shuǐ hěn xiǎng cóng wū yā zuǐ li
直流口水，很想从乌鸦嘴里
dé dào nà kuài ròu yóu yú wū yā zài shù
得到那块肉。由于乌鸦在树
zhī shang zuǐ li diāo zhe ròu hú li méi yǒu
枝上嘴里叼着肉，狐狸没有

bàn fǎ zài shù xià dé dào duì ròu de chuí xián sān
办法在树下得到。对肉的垂涎三
chǐ yòu shǐ hú li bù kěn qīng yì fàng qì tā yǎn
尺又使狐狸不肯轻易放弃。他眼
zhū yí zhuàn shuō āi yā wǒ dāng shì shéi ne
珠一转说:“哎呀,我当是谁呢?
yuán lái shì wū yā dà jiě ya qiáo qiao nǐ nà wū hēi de yǔ máo duō piào liang
原来是乌鸦大姐呀!瞧瞧,你那乌黑的羽毛多漂亮
ya wǒ zhēn xiàn mù zài kàn kan nǐ nà wū hēi de dà yǎn jing zhēn yǒu shén zhè sēn lín li
呀,我真羡慕,再看看你那乌黑的大眼睛,真有神,这森林里
yǒu shéi néng bǐ de shàng ne qīn ài de wū yā nǐ hǎo
有谁能比得上呢!亲爱的乌鸦,你好
ya wū yā méi yǒu huí dá hú li zhǐ hǎo péi zhe xiào
呀!”乌鸦没有回答。狐狸只好赔着笑
liǎn yòu shuō qīn ài de wū yā nǐ de hái zi hǎo
脸又说:“亲爱的乌鸦,你的孩子好
ma wū yā kàn le hú li yì yǎn hái
吗?”乌鸦看了狐狸一眼,还
shi méi yǒu huí dá hú li yáo yao wěi ba
是没有回答。狐狸摇摇尾巴,

shuō qīn ài de wū yā nǐ de sǎng zi zhēn hǎo shéi dōu ài tīng nǐ chàng gē nǐ jiù
说：“亲爱的乌鸦，你的嗓子真好，谁都爱听你唱歌，你就
chàng jǐ jù ba wū yā tīng le fēi cháng dé yì zài yě rěn bu zhù le jiù gāo xìng de
唱几句吧？”乌鸦听了非常得意，再也忍不住了，就高兴地
chàng le qǐ lái gāng yì zhāng zuǐ ròu jiù cóng zuǐ li diào
唱了起来。刚一张嘴，肉就从嘴里掉
le xià qù
了下去。

hú li diāo qǐ ròu jiù zuān
狐狸叼起肉就钻
dào dòng li qù le wū yā zhè cái
到洞里去了，乌鸦这才
zhī dào shàng le hú li de dàng
知道上了狐狸的当，
cóng cǐ zài yě bù lǐ hú li le
从此再也不理狐狸了。

dà xiàng de bí zi

大象的鼻子

dà xiàng de bí zi běn lái shì méi yǒu zhè me dà de kě shì hòu lái yǒu yì tóu xiǎo
大象的鼻子本来是没有这么大的。可是，后来有一头小
xiàng tā duì shì jiè shang de shén me dōng xi dōu gǎn dào hào qí zǒng shì wèn zhè wèn nà zuǒ
象，他对世界上的什么东西都感到好奇，总是问这问那，左
yí gè wèi shén me yòu yí gè wèi shén me yí huìr
一个“为什么”，右一个“为什么”。一会儿
wèn xiǎo tù de yǎn jing wèi shén me shì hóng
问：“小兔的眼睛为什么是红
de yí huìr wèn bān mǎ
的？”一会儿问：“斑马
shēn shang wèi shén me yǒu nà
身上为什么有那
me duō bān wén tā de
么多斑纹？”他的
wèn tí tài duō le bà ba
问题太多了，爸爸、

mā ma bèi wèn de bú nài fán le jiù dǎ le tā yí dùn pì gu xiǎo xiàng xiǎng bu tōng wèi shén

妈妈被问得不耐烦了，就打了他一顿屁股。小象想不通为什

me yào dǎ tā de pì gu jǐn guǎn tā ái le bù shǎo de dǎ dàn shì tā réng rán yǒu xǔ duō

么要打他的屁股，尽管他挨了不少的打，但是他仍然有许多

wèn tí yào wèn

问题要问。

yí gè qíng lǎng de zǎo chen xiǎo xiàng yòu xiǎng qǐ yí gè wèn tí è yú chī shén me

一个晴朗的早晨，小象又想起一个问题：“鳄鱼吃什么

ne dà xiàng men dōu dá bu shàng lái yú shì yòu zòu le tā

呢？”大象们都答不上来，于是又揍了他

de pì gu xiǎo xiàng méi bàn fǎ

的屁股。小象没办法，

xià de táo zǒu le xiǎo xiàng

吓得逃走了。小象

zǒu zài lù shang yòu wàng le

走在路上，又忘了

pì gu téng tā wèn xiǎo niǎo

屁股疼，他问小鸟：

qǐng wèn è yú dào dǐ

“请问，鳄鱼到底

chī shén me ya
吃什么呀？”

xiǎo niǎo huí dá shuō
小鸟回答说：

dào hé biān qù ba nǐ zǐ
“到河边去吧。你仔

xì qiáo qiao jiù zhī dào è
细瞧瞧，就知道鳄

yú chī shén me le
鱼吃什么了！”

xiǎo xiàng lái dào le hé biān kàn jiàn hé shang yǒu yì gēn mù tou kě shì zhè gēn
小象来到了河边，看见河上有一根“木头”。可是这根

mù tou què zhǎ zhe yǎn jing qiáo zhe tā
“木头”却眨着眼睛瞧着他。

qǐng wèn xiǎo xiàng hěn yǒu lǐ mào de shuō nín jiàn guò è yú ma
“请问，”小象很有礼貌地说，“您见过鳄鱼吗？”

nà gēn mù tou zhǎ yi zhǎ yǎn jing shuō wǒ jiù shì è yú ya
那根“木头”眨一眨眼睛说：“我就是鳄鱼呀。”

è yú shēng pà xiǎo xiàng bù xiāng xìn hái jǐ chū le jǐ dī yǎn lèi
鳄鱼生怕小象不相信，还挤出了几滴眼泪。

xiǎo xiàng gāo xìng de wèn nà nín shì chī shén me de ne
小象高兴地问："那您是吃什么的呢？"

è yú zhuāng zhe hěn shén mì de yàng zi duì xiǎo xiàng shuō guò lái ba xiǎo jiā huo
鳄鱼装着很神秘的样子对小象说："过来吧，小家伙，

wǒ qiāo qiāo gào su nǐ
我悄悄告诉你！"

xiǎo xiàng gāo xìng de bǎ tóu còu guo qu è yú zhāng kāi dà zuǐ ba yì kǒu yǎo zhù le
小象高兴地把头凑过去，鳄鱼张开大嘴巴，一口咬住了

tā de bí zi è yú yào bǎ xiǎo xiàng wǎng hé li lā xiǎo
他的鼻子。鳄鱼要把小象往河里拉，小

xiàng què zhēng tuō le è yú de zuǐ ba tuō xiǎn
象却挣脱了鳄鱼的嘴巴，脱险

le kě shì tā de bí zi què bèi lā
了，可是他的鼻子却被拉

chū le yì mǐ duō cháng xiǎo xiàng
出了一米多长。小象

hěn nán guò kū zhe wǎng huí pǎo
很难过，哭着往回跑。

tā zǒu zài lù shang yǒu
他走在路上，有

yì zhī cāng ying lái yǎo tā tā tū rán yì shuǎi cháng bí zi hē cháng bí zi jū rán bǎ
一只苍蝇来咬他。他突然一甩长鼻子，嗬，长鼻子居然把
nà zhī cāng ying dǎ sǐ le tā yòu yòng cháng bí zi bá cǎo ná mù tou hái yòng cháng bí
那只苍蝇打死了。他又用长鼻子拔草、拿木头，还用长鼻
zi zhāi shù shang de dà xiāng jiāo tā méi xiǎng dào cháng bí zi hái yǒu zhè me duō yòng chu
子摘树上的大香蕉。他没想到，长鼻子还有这么多用处。

xiǎo xiàng huí dào jiā li suǒ yǒu de xiàng dōu xiàn mù tā
小象回到家里，所有的象都羡慕他
yǒu zhè me ge cháng bí zi yú shì dà jiā dōu jí jí máng
有这么个长鼻子。于是，大家都急急忙
máng pǎo dào hé biān qù tā men
忙跑到河边去。他们
qù zhǎo è yú ràng è
去找鳄鱼，让鳄
yú yě wèi tā men lā
鱼也为他们拉
chū cháng bí zi lái
出长鼻子来。

qīng wā bān jiā
青蛙搬家

yí gè dà hú de páng biān zhù zhe yì zhī qīng wā qīng wā de lín jū shì liǎng zhī dà
一个大湖的旁边，住着一只青蛙。青蛙的邻居是两只大
yàn tā men cháng cháng yì qǐ dào hú li yóu shuǐ zài àn biān yóu xì
雁，他们常常一起到湖里游水，在岸边游戏。

hěn jiǔ bú xià yǔ le hú shuǐ màn màn de gān le méi yǒu shuǐ kě bù xíng a dà yàn xiǎng bān ge jiā bān dào yǒu shuǐ de dì fang qù zhù
很久不下雨了，湖水慢慢地干了。没有水可不行啊，大雁想搬个家，搬到有水的地方去住。

qīng wā shě bu de lí kāi dà yàn xiǎng hé dà yàn
青蛙舍不得离开大雁，想和大雁

yì qǐ bān jiā dà yàn yě xiǎng ràng qīng wā hé zì jǐ yì qǐ zǒu zhǐ shì bù zhī dào zěn me
一起搬家；大雁也想让青蛙和自己一起走，只是不知道怎么
cái néng dài zǒu qīng wā
才能带走青蛙。

qīng wā tè bié cōng míng tā xiǎng le xiǎng xiǎng chū ge hǎo bàn fǎ wǒ qù zhǎo yì
青蛙特别聪明，他想了想，想出个好办法。“我去找一
gēn xiǎo gùn zi lái dà yàn gē ge yǎo zhe zhè yì tóu dà yàn sǎo sao yǎo zhe nà yì tóu wǒ
根小棍子来，大雁哥哥咬着这一头，大雁嫂嫂咬着那一头，我
ne jiù yǎo zhe xiǎo gùn zi zhōng jiān nǐ men yì qǐ fēi bú jiù bǎ wǒ
呢，就咬着小棍子中间，你们一起飞，不就把我
yě dài zhe fēi qi lai le ma
也带着飞起来了吗？”

hǎo bàn fǎ hǎo bàn fǎ liǎng
“好办法，好办法！”两
zhī dà yàn shuō
只大雁说。

qīng wā bèng bèng tiào
青蛙蹦蹦跳
tiào bù yí huìr jiù zhǎo
跳，不一会儿就找

le gēn xiǎo gùn zi lái dà yàn gē ge yǎo zhe zhè tóu dà yàn sǎo sao yǎo zhe nà tóu qīng
了根小棍子来。大雁哥哥咬着这头，大雁嫂嫂咬着那头，青
wā yǎo zhe xiǎo gùn zi zhōng jiān liǎng zhī dà yàn yì qǐ fēi qi lai jiù bǎ qīng wā yě dài zhe
蛙咬着小棍子中间。两只大雁一起飞起来，就把青蛙也带着
fēi qi lai le
飞起来了。

dà yàn fēi ya fēi ya fēi guò yí gè cūn zi cūn zi
大雁飞呀，飞呀，飞过一个村子，村子
li de rén men kàn jiàn le tā men
里的人们看见了，他们
yì qí hǎn qi lai
一齐喊起来：
nǐ men kàn a dà yàn
“你们看啊，大雁
dài zhe qīng wā fēi dà yàn zhēn cōng míng
带着青蛙飞，大雁真聪明，
xiǎng de bàn fǎ zhēn hǎo
想的办法真好！”

qīng wā tīng le xīn li tǐng bù gāo xìng xīn xiǎng zhè bàn fǎ shì wǒ xiǎng chu lai de
青蛙听了，心里挺不高兴，心想：这办法是我想出来的

ya zěn me néng shuō dà yàn cōng míng ne dà yàn fēi ya fēi ya yòu fēi guò yí gè cūn
呀，怎么能说大雁聪明呢？大雁飞呀，飞呀，又飞过一个村

zi cūn zi li de rén men kàn jiàn le tā men yì qǐ hǎn qi lai
子，村子里的人们看见了，他们一起喊起来：

dà jiā kuài lái kàn a dà yàn dài zhe qīng wā fēi dà yàn zhēn cōng míng
“大家快来看啊，大雁带着青蛙飞，大雁真聪明！”

qīng wā tīng le gèng bù gāo xìng le xīn xiǎng zhè bàn fǎ míng míng shì wǒ xiǎng chu lai
青蛙听了，更不高兴了，心想：这办法明明是我想出来

de zěn me piān shuō dà yàn cōng míng ne
的，怎么偏说大雁聪明呢！

zhè yí cì qīng wā chà diǎnr bǎ xīn
这一次，青蛙差点儿把心

li de huà shuō chu lai
里的话说出来。

dà yàn fēi ya fēi ya fēi guò
大雁飞呀，飞呀，飞过

dì sān ge cūn zi hěn duō rén kàn jiàn
第三个村子，很多人看见

le yì qǐ hǎn qi lai
了，一起喊起来：

dà jiā gǎn kuài kàn na dà yàn dài
“大家赶快看哪，大雁带
zhe qīng wā fēi dà yàn zhēn cōng míng
着青蛙飞，大雁真聪明！”

qīng wā tīng dào zhè huà jiǎn zhí qì
青蛙听到这话，简直气
zhà le tā zěn me yě biē bu zhù le jiù
炸了，他怎么也憋不住了，就
dà shēng de rǎng qi lai zhè bàn fǎ shì
大声地嚷起来：“这办法是
wǒ xiǎng chu lai de
我想出来的！”

nǎ lǐ zhī dào qīng wā gāng bǎ zuǐ ba yì zhāng jiù cóng tiān shang diào le xià lái
哪里知道，青蛙刚把嘴巴一张，就从天上掉了下来。

青蛙还真是聪明，能想出这么好的办法来，可就是太不谦虚了，听到别人的夸奖就骄傲了，最后从空中掉下来了。我们可要记住：虚心使人进步，骄傲使人落后的道理。

zhuó mù niǎo yǔ shù

啄木鸟与树

hěn jiǔ yǐ qián zài dà sēn lín li yǒu yì kē shù tā zhǎng de gāo dà tǐng bá yīn
很久以前，在大森林里有一棵树，它长得高大挺拔，因
cǐ tā cháng cháng xiàng zì jǐ de tóng bàn xuàn yào
此它常常向自己的同伴炫耀。

yǒu yì tiān lái le yì zhī zhuó mù niǎo tíng zài le zhè kē
有一天，来了一只啄木鸟，停在了这棵
shù shang tā tīng dào shù gàn li yǒu xǔ duō xiǎo chóng zi zài shuō
树上，它听到树干里有许多小虫子在说
huà zhuó mù niǎo biàn yòng cháng zuǐ zài shù gàn shang zhuó le yí
话，啄木鸟便用长嘴在树干上啄了一
gè dòng zhǔn bèi jiāng xiǎo chóng zi yī yī chī diào
个洞，准备将小虫子一一吃掉。

dà shù fā xiàn hòu fēi cháng shēng qì de shuō
大树发现后非常生气地说：
zhuó mù niǎo a zhuó mù niǎo wǒ zhī dào nǐ shì sēn
“啄木鸟啊啄木鸟，我知道你是森

lín de wèi shì dàn shì nǐ jiù shì zhè yàng zhuō chóng zi de ya nǐ zài
林的卫士，但是你就是这样捉虫子的呀！你在
wǒ shēn shang zhuó lái zhuó qù hái zhuó chū le zhè me dà yí gè dòng
我身上啄来啄去，还啄出了这么大一个洞，
duō nán kàn ya wǒ kě bù xiǎng zuò nǐ de xī shēng pǐn qǐng nǐ kuài
多难看呀！我可不想做你的牺牲品，请你快
diǎn lí kāi ba zhuó mù niǎo shuō dà shù ya nǐ shēng le xǔ duō
点离开吧。”啄木鸟说：“大树呀，你生了许多

chóng zi wǒ zài gěi nǐ zhì bìng ne dà shù gèng jiā bù
虫子，我在给你治病呢。”大树更加不
gāo xìng le shuō nǐ xiǎng chī chóng zi jiù zhí shuō ba gàn
高兴了，说：“你想吃虫子就直说吧，干
shén me rào nà me ge wān wǒ kàn nǐ ya zhēn xū wěi
什么绕那么个弯？我看你呀，真虚伪！”

zhuó mù niǎo tīng le fēi cháng shēng qì tā zhǐ
啄木鸟听了，非常生气，它只
hǎo fēi zǒu le
好飞走了。

dì èr tiān zhuó mù niǎo yòu lù guò zhè kē dà
第二天，啄木鸟又路过这棵大

shù kàn jiàn dà shù shēn shang de chóng zi gèng duō le tā men bú duàn de kěn zhe shù gàn
树，看见大树身上的虫子更多了，它们不断地啃着树干。

yú shì zhuó mù niǎo yòu tíng le xià lái wèi dà shù zhuō chóng zi
于是啄木鸟又停了下来，为大树捉虫子。

dà shù kàn jiàn zhuó mù niǎo bǐ qián yì tiān gèng jiā shēng qì le shuō wǒ bú shì
大树看见啄木鸟，比前一天更加生气了，说：“我不是

qǐng nǐ lí kāi le ma nǐ wèi shén me yòu fēi lái le nán dào nǐ
请你离开了吗？你为什么又飞来了？难道你

méi tīng dǒng wǒ de huà ma hǎo xīn de zhuó mù niǎo shuō dào nǐ
没听懂我的话吗？”好心的啄木鸟说道：“你

zěn me néng zhè yàng shuō ne wǒ shì nǐ de péng you wǒ zhèng zài
怎么能这样说呢？我是你的朋友，我正在

wèi nǐ zhuō chóng zi ya nǐ zhǐ yào rěn shòu yì xiǎo huìr
为你捉虫子呀，你只要忍受一小会儿

de tòng jiù kě yǐ ràng zì jǐ bú zài bèi chóng zi
的痛，就可以让自己不再被虫子

zhù la dà shù què shuō nǐ zhuō chóng zi zhǐ
蛀啦！”大树却说：“你捉虫子只

shì wèi le tián bǎo zì jǐ de dù zi kuàng qiě zhè
是为了填饱自己的肚子，况且这

me tòng wǒ kě rěn shòu bu liǎo wǒ qíng yuàn bèi chóng zi zhù tā men yì zhí zhēng lùn
么痛我可忍受不了！我情愿被虫子蛀……”它们一直争论
zhe zhè zhī hǎo xīn de zhuó mù niǎo wěi qū de kū le tā duō me xiǎng bāng dà shù zhuō chóng
着，这只好心的啄木鸟委屈地哭了，它多么想帮大树捉虫
zi a dàn zhǐ yào zhuó mù niǎo yí luò zài dà shù de shēn shang dà shù jiù fēng kuáng de yòng
子啊！但只要啄木鸟一落在大树的身上，大树就疯狂地用
zhī tiáo chōu dǎ tā zhuó mù niǎo zhǐ hǎo wú nài de lí kāi le
枝条抽打它，啄木鸟只好无奈地离开了。

guò le hěn jiǔ yì zhī xiǎo xióng cóng dà shù xià lù guò shí
过了很久，一只小熊从大树下路过时，
yí piàn yè zi luò dào le xiǎo xióng de tóu shang xiǎo xióng tái tóu xiàng
一片叶子落到了小熊的头上，小熊抬头向
shù shang yí kàn yǒu xiē yè zi huáng le yǒu xiē yè
树上一看，有些叶子黄了，有些叶
zi bú dàn huáng le ér qiě hái luò dào le dì
子不但黄了，而且还落到了地
shang hái yǒu yì xiē yè zi shang yǒu yí
上，还有一些叶子上有一
gè yí gè de xiǎo dòng xiǎo xióng zhè yí
个一个的小洞。小熊这一

kàn xià huài le máng wèn dà shù shuō dà shù dà shù nǐ zěn me le shēng bìng le
看，吓坏了，忙问大树说：“大树，大树，你怎么了？生病了
ma dà shù rěn zhe téng tòng shuō shì de ài dōu guài wǒ zì jǐ dāng chū zhuó mù niǎo
吗？”大树忍着疼痛说：“是的。唉！都怪我自己，当初啄木鸟
kàn jiàn wǒ shēng bìng le yào bāng wǒ zhì bìng què bèi wǒ gěi gǎn zǒu le wǒ zhēn shi hǎo hòu
看见我生病了，要帮我治病，却被我给赶走了。我真是好后
huǐ ya xiǎo xióng tīng hòu hěn shāng xīn kě shì zhuó mù niǎo yǐ jīng fēi zǒu le
悔呀！”小熊听后，很伤心，可是啄木鸟已经飞走了。

dà shù yí rì bǐ yí rì ruò yí gè yè wǎn tū rán
大树一日比一日弱。一个夜晚，突然
guā qǐ le dà fēng fēng měng liè de chuī dǎ zhe suī rán
刮起了大风，风猛烈地吹打着，虽然
dà shù pīn mìng de dǒu dòng dàn hái shi dǎo xià
大树拼命地抖动，但还是倒下
le dài zhe jǐ fēn huǐ hèn yǔ tòng xīn
了，带着几分悔恨与痛心。

gū dōng lái le
咕咚来了

yí gè fēng hé rì lì de zǎo chen xiǎo tù xiǎo sōng shǔ hé xiǎo cì wei xìng gāo cǎi liè
一个风和日丽的早晨，小兔、小松鼠和小刺猬兴高采烈
de xiāng hù zhuī zhú xī xì tū rán hé biān chuán lái gū dōng gū dōng de xiǎng shēng dǎn
地相互追逐嬉戏。突然，河边传来“咕咚咕咚”的响声，胆
xiǎo de xiǎo bái tù jī hū xià pò le dǎn tā hún shēn chàn dǒu zhe shuō
小的小白兔几乎吓破了胆。它浑身颤抖着说：

zhè zhè zhè shì shén me shēng yīn a
“这……这……这是什么声音啊？”

wǒ men de sēn lín li kěn dìng chū xiàn le yí gè guài wù kuài táo ba
“我们的森林里肯定出现了一个怪物，快逃吧！”

wǒ men hái shi tōng zhī qí tā de
“我们还是通知其他的

xiǎo dòng wù ba xiǎo sōng shǔ shuō dào
小动物吧！”小松鼠说道。

sān zhī xiǎo dòng wù bào zhù nǎo dai sā tuǐ jiù pǎo bàn lù shang xiǎo bái tù yù shàng
三只小动物抱住脑袋，撒腿就跑。半路上，小白兔遇上
le hú li tā duì hú li shuō kuài pǎo ya kě pà de gū dōng lái le
了狐狸，它对狐狸说：“快跑呀！可怕的咕咚来了！”

shén me gū dōng ya hú li hào qí de wèn dào
“什么咕咚呀？”狐狸好奇地问道。

xiǎo bái tù dà shēng de huí dá gū dōng yí yí
小白兔大声地回答：“咕咚……一……一
gè kě pà de guài wù kuài pǎo ba bù rán jiù méi
个可怕的怪物！快跑吧！不然就没
mìng le shuō wán xiàng shān shang pīn mìng de pǎo
命了！”说完，向山上拼命地跑
qù hú li tīng le yě xià huài le
去。狐狸听了，也吓坏了，
gǎn jǐn yě huāng bù zé lù de
赶紧也慌不择路地
gēn zhe táo mìng
跟着逃命。

lǎo hǔ kàn jiàn hú li jiào zhù tā wèn nǐ men pǎo shén me
老虎看见狐狸，叫住它问：“你们跑什么？”

hú li tiān yóu jiā cù de shuō lái le yí gè guài wù jiào gū dōng tā yǒu sān ge
狐狸添油加醋地说：“来了一个怪物叫咕咚，它有三个

nǎo dai liù tiáo tuǐ wǒ wǒ gāng cái kàn kàn jiàn gū dōng le
脑袋，六条腿，我……我刚才……看……看见……咕咚了……

kuài pǎo ba
快跑吧！”

jiù zhè yàng yī chuán shí shí chuán bǎi bù yí huìr suǒ yǒu de dòng wù dōu kāi
就这样，一传十，十传百，不一会儿，所有的动物都开

shǐ le táo wáng bàn lù shang
始了逃亡。半路上，

táo wáng de duì wu yù dào le cōng
逃亡的队伍遇到了聪

míng jǐn shèn de xiǎo qīng wā tā
明谨慎的小青蛙。它

bǎ dà jiā lán zhù bù huāng bù
把大家拦住，不慌不

máng de wèn fā shēng le shén
忙地问：“发生了什

me shì a nǐ men yào dào nǎ lǐ qù ya
么事啊？你们要到哪里去呀？”

gū dōng gū dōng lái le kě pà de gū dōng lái le xiǎo tù zi qì
“咕咚……咕咚来了……可怕的咕咚来了。”小兔子气

chuǎn xū xū de shuō zhe gū dōng gū dōng shì shén me gū dōng shì ge dà guài wù
喘吁吁地说着。“咕咚？咕咚是什么？”“咕咚是个大怪物，”

dà xiàng shuō dà jiā dōu shuō tā yǒu sān ge nǎo dai hái yǒu liù tiáo tuǐ hú li zài
大象说，“大家都说它有三个脑袋。”“还有六条腿。”狐狸在

páng biān bǔ chōng dào
旁边补充道。

nǐ men dōu jiàn guo tā ma xiǎo qīng wā
“你们都见过它吗？”小青蛙

zhèn dìng de wèn méi méi jiàn guo
镇定地问。“没……没见过，

wǒ shì tīng shuō de xiǎo hóu
我是听说的。”“小猴，

nǐ jiàn guo gū dōng ma
你见过咕咚吗？”

méi wǒ yě méi jiàn guo
“没，我也没见过，

wǒ shì tīng xiǎo tù zi shuō de zhè shí xiǎo qīng wā shuō nǐ men jì rán dōu méi kàn jiàn
我是听小兔子说的。”这时，小青蛙说：“你们既然都没看见
guo gū dōng nà wǒ men jiù qù kàn kan dào dǐ shì zěn me huí shìr
过咕咚，那我们就去看看到底是怎么回事儿？”

xiǎo dòng wù men gēn zhe xiǎo bái tù lái dào le hé biān zhèng qiǎo chuán lái le lián xù
小动物们跟着小白兔来到了河边，正巧，传来了连续
bú duàn de gū dōng gū dōng de shēng yīn xiǎo dòng wù men xià de zhuǎn shēn jiù yào táo xiǎo
不断的“咕咚咕咚”的声音，小动物们吓得转身就要逃。小
qīng wā lán zhù dà jiā shuō bié huāng wǒ men yì qǐ guò qù
青蛙拦住大家说：“别慌，我们一起过去
kàn kan ba dà jiā zǒu jìn hé biān yí kàn yuán lái
看看吧！”大家走近河边一看，原来
shì qīng wā dì di men zhèng liàn xí tiào
是青蛙弟弟们正练习跳
shuǐ ne xiǎo dòng wù men huǎng rán dà
水呢！小动物们恍然大
wù dōu nán wéi qíng de dī xià le tóu
悟，都难为情地低下了头。

xiǎo māo xué běn lǐng

小猫学本领

zài yí gè sēn lín li yǒu yì zhī māo mā ma shēng le liǎng zhī kě ài de xiǎo māo māo
在一个森林里，有一只猫妈妈生了两只可爱的小猫，猫
mā ma fēi cháng jīng xīn de zhào gù tā de hái zi měi tiān dōu huì bǔ zhuō hěn duō shí wù wèi
妈妈非常精心地照顾她的孩子，每天都会捕捉很多食物喂
tā men hěn kuài liǎng zhī xiǎo māo zhǎng de yòu zhuàng yòu jiē
他们。很快，两只小猫长得又壮又结
shi fēi cháng kě ài bú guò tā men gè yǒu yí gè tè
实，非常可爱。不过，他们各有一个特
diǎn lǎo èr yǒu xiē lǎn duò zhǐ ài shuì dà
点：老二有些懒惰，只爱睡大
jiào lǎo dà fēi cháng qín láo měi
觉；老大非常勤劳，每
tiān gēn zhe mā ma yì qǐ chū qù
天跟着妈妈一起出去，
bāng zhù mā ma gàn huór
帮助妈妈干活儿。

yì tiān māo mā ma duì liǎng ge hái zi shuō hái zi nǐ men zhǎng dà le gāi xué
一天，猫妈妈对两个孩子说："孩子，你们长大了，该学
xí běn lǐng le jīn tiān mā ma jiù jiāo nǐ men zhè yàng nǐ men jiāng lái jiù kě yǐ dú lì
习本领了，今天妈妈就教你们，这样你们将来就可以独立
shēng huó le lǎo dà tīng le gāo xìng de shuō tài hǎo le mā ma zhōng yú yào jiāo wǒ
生活了。"老大听了，高兴地说："太好了，妈妈终于要教我
xué běn lǐng le lǎo èr tīng le dà shēng de rǎng dào wǒ bù xiǎng xué nà duō lèi ya
学本领了。"老二听了，大声地嚷道："我不想学，那多累呀，
hái bù rú zài jiā shuì jiào ne zài mā ma
还不如在家睡觉呢。"在妈妈
de nài xīn quàn dǎo xià lǎo èr zhōng yú miǎn
的耐心劝导下，老二终于勉
qiǎng xué le kě shì tā xué de yì diǎnr
强学了。可是他学得一点儿
yě bú rèn zhēn zhǐ jiàn tā zài cǎo dì shang
也不认真，只见他在草地上
yí huìr pū hú dié yí huìr zhuō qīng
一会儿扑蝴蝶，一会儿捉蜻
tíng è le jiù huí jiā chī qǐ dōng xi
蜓，饿了就回家吃起东西

lai shén me yě méi xué huì lǎo dà ne hěn rèn zhēn de kàn zhe mā ma zěn yàng bǔ lǎo shǔ
来，什么也没学会。老大呢，很认真地看着妈妈怎样捕老鼠，
zěn yàng pá shù gēn zhe mā ma yì qǐ liàn xí xué de fēi cháng rèn zhēn hěn kuài jiù quán bù
怎样爬树，跟着妈妈一起练习，学得非常认真，很快就全部
xué huì le
学会了。

yòu guò le jǐ tiān māo mā ma jiào liǎng ge hái zi qù
又过了几天，猫妈妈叫两个孩子去
kàn wàng wài gōng
看望外公。

zài wài gōng jiā wài gōng ná chū píng
在外公家，外公拿出苹
guǒ gěi tā liǎ chī lǎo èr ná zhe shuǐ guǒ
果给他俩吃，老二拿着水果
dāo kě shì bù zhī dào zěn me qù
刀，可是不知道怎么去
xiāo shuǐ guǒ pí jí de lǎo èr mǎn
削水果皮，急得老二满
dì zhuàn zhè shí lǎo dà bǎ píng guǒ
地转，这时老大把苹果

hé shuǐ guǒ dāo cóng lǎo èr shǒu li ná le guò lái qīng sōng de xiāo qǐ píng guǒ lai zuò zài yì
和水果刀从老二手里拿了过来，轻松地削起苹果来，坐在一
páng de wài gōng kàn zhe lǎo dà xiāo píng guǒ de jì shù rěn bu zhù de zhí diǎn tóu
旁的外公看着老大削苹果的技术忍不住地直点头。

huí lái de lù shang liǎng zhī xiǎo māo gāo xìng de zǒu zhe zhè shí tā men fā xiàn le
回来的路上，两只小猫高兴地走着。这时，他们发现了
yì zhī xiǎo lǎo shǔ zhǐ jiàn lǎo dà fēi kuài de cuān guo qu
一只小老鼠，只见老大飞快地蹿过去，
yì bǎ zhuā zhù le lǎo shǔ de bó zi děng lǎo
一把抓住了老鼠的脖子，等老
èr pǎo guo lai shí lǎo shǔ yǐ jīng yàn
二跑过来时，老鼠已经咽
qì le lǎo èr méi zhuō dào lǎo
气了。老二没捉到老
shǔ zhǐ hǎo yǎn zhēng zhēng de
鼠，只好眼睁睁地
kàn zhe lǎo dà chī chán de kǒu
看着老大吃，馋得口
shuǐ dōu yào liú xia lai le
水都要流下来了。

zhè shí tū rán tīng dào yuǎn chù chuán lái liè gǒu
这时，突然听到远处传来猎狗

de jiào shēng chī bǎo de lǎo dà yí tiào jiù pá dào le
的叫声，吃饱的老大一跳就爬到了

shù shang kě lián de lǎo èr pá le bàn
树上，可怜的老二爬了半

tiān lèi de yǒu qì wú lì zuì hòu cái
天，累得有气无力，最后才

bèi lǎo dà lā shàng le shù
被老大拉上了树。

lǎo èr hòu huǐ de shuō wǒ zhēn hòu huǐ méi yǒu rèn zhēn xué běn lǐng a
老二后悔地说：“我真后悔没有认真学本领啊。”

小朋友，你喜欢哪只小猫呢？为什么？老大一点也不懒惰，学会了捉老鼠、爬树等生活本领，我们也要向它学习呀！

jī hé shé de gù shi
鸡和蛇的故事

cóng qián yǒu yì zhī huā mǔ jī yǒu yì tiān tā pèng jiàn le yì tiáo shé shé wèn
从前，有一只花母鸡。有一天，她碰见了一条蛇。蛇问

tā nǐ jiào shén me míng zi
她："你叫什么名字？"

huā mǔ jī
"花母鸡。"

wèi shén me
"为什么？"

yīn wèi wǒ chì bǎng
"因为我翅膀

shang de yǔ máo yǒu bái de
上的羽毛有白的，

yǒu hēi de hái yǒu hóng de
有黑的，还有红的，

suǒ yǐ jiào huā mǔ jī
所以叫'花母鸡'。"

nà me nǐ kàn kan wǒ shé shuō yì jiér bái yì jiér hēi hái yǒu yì
“那么你看看我，”蛇说，“一截儿白，一截儿黑，还有一
jiér hóng nǐ qiáo wǒ shì huā shé shì nǐ de péng you
截儿红。你瞧，我是花蛇，是你的朋友。”

huā mǔ jī hé huā shé jiù chéng le hǎo péng you tā men zuò qǐ pāo qiú de yóu xì huā
花母鸡和花蛇就成了好朋友。他们做起抛球的游戏，花
shé yí xià zhuī shàng le qiú ér huā mǔ jī què zǒng yě zhuī bu shàng
蛇一下追上了球，而花母鸡却总也追不上。

zhè shì zěn me huí shì huā shé wèn mǔ jī
“这是怎么回事？”花蛇问母鸡，
nǐ bú shì hái yǒu jiǎo ma ér wǒ lián jiǎo yě méi
“你不是还有脚吗，而我连脚也没
yǒu zěn me hái bù rú wǒ ne
有。怎么还不如我呢？”

bù zhī dào mǔ jī huí
“不知道。”母鸡回
dá wǒ nǎ lǐ zhī dào ya
答，“我哪里知道呀？”

hěn jiǎn dān jiù shì yīn wèi
“很简单，就是因为

nǐ pǎo bu kuài
你跑不快。”

jì rán nǐ zhè me shuō nà jiù cuò bu liǎo
“既然你这么说，那就错不了。”

tā men bǐ shàng shù huā mǔ jī pū shan pū shan chì bǎng kě zhǐ néng fēi dào dī ǎi
他们比上树，花母鸡扑扇扑扇翅膀，可只能飞到低矮

de shù shang huā shé chán zhe shù wǎng shàng yì cuān yí huìr jiù shàng dào shù dǐng
的树上，花蛇缠着树往上一蹿，一会儿就上到树顶。

zhè yòu zěn me shuō huā shé xiào dào yào zhī
“这又怎么说，”花蛇笑道，“要知

dào nǐ yǒu chì bǎng ér wǒ méi yǒu jié guǒ ne hái
道，你有翅膀，而我没有。结果呢，还

shi wǒ shàng de bǐ nǐ gāo zhè shì wèi shén me
是我上得比你高，这是为什么？”

bù zhī dào huā mǔ jī tàn qì
“不知道，”花母鸡叹气

shuō bù zhī dào gāi zěn me jiě shì
说，“不知道该怎么解释。”

hěn jiǎn dān jiù yīn wèi nǐ de chì
“很简单，就因为你的翅

bǎng bù líng huó
膀不灵活。”

jì rán nǐ zhè me shuō
“既然你这么说，

nà jiù cuò bu liǎo
那就错不了。”

guò le bù jiǔ huā mǔ jī
过了不久，花母鸡

kāi shǐ xià dàn le xià le hǎo xiē
开始下蛋了，下了好些

dàn yǐ hòu jiù dūn xià fū xiǎo jī
蛋以后，就蹲下孵小鸡。

guò le yì tiān liǎng tiān sān tiān huā mǔ jī yì zhí dūn zài wō li wén sī bú
过了一天，两天，三天……花母鸡一直蹲在窝里纹丝不

dòng guò le hěn jiǔ huā mǔ jī shēn biān pǎo chū yì qún xiǎo jī dōu máo róng róng de hěn kě
动。过了很久，花母鸡身边跑出一群小鸡，都毛茸茸的很可

ài tā zhěng tiān gē gē jiào ge bù tíng gěi hái zi men zhǎo chóng zi chī
爱，她整天咯咯叫个不停，给孩子们找虫子吃。

huā shé chèn huā mǔ jī bú zài jiā tōu tōu de chī guāng le xiǎo jī huā mǔ jī huí lái
花蛇趁花母鸡不在家，偷偷地吃光了小鸡。花母鸡回来

le zhǎo bu dào zì jǐ de bǎo bǎo jiù lái jiàn huā shé wǒ de xiǎo jī zěn me bú jiàn le
了，找不到自己的宝宝，就来见花蛇：“我的小鸡怎么不见了？”

nǐ qí guài ya huā shé mǎn bú zài hu de shuō xiǎo jī yǐ jīng zhǎng dà le ràng tā
“你奇怪呀！”花蛇满不在乎地说，“小鸡已经长大了，让他
men chū qù duàn liàn yí xià zǒng bú shì huài shì chèn nǐ bú zài jiā wǒ bǎ tā men sòng zǒu le
们出去锻炼一下总不是坏事，趁你不在家，我把他们送走了。”

nán dào shì wǒ de hái zi men bù xū yào wǒ le huā mǔ jī wèn
“难道是我的孩子们不需要我了？”花母鸡问。

nǐ de hái zi tā men xiàn zài dōu yǐ jīng zhǎng dà le bù xū yào nǐ zhào gù le
“你的孩子，他们现在都已经长大了，不需要你照顾了！”
huā shé huí dá dào
花蛇回答道。

huā mǔ jī xiàng wǎng cháng yí
花母鸡像往常一
yàng shuō dào jì rán nǐ zhè me
样说道：“既然你这么
shuō nà me jiù zǒng cuò bu liǎo
说，那么，就总错不了。”

xiǎo zāng xióng
小脏熊

xiǎo xióng bú ài gān jìng měi cì jiàn dào tā dōu shì hēi hū hū de xiǎo liǎn hēi hū hū
小熊不爱干净，每次见到他都是黑糊糊的小脸，黑糊糊
de xiǎo shǒu hái yǒu hēi hū hū de yī fu
的小手，还有黑糊糊的衣服。

yì tiān xiǎo xióng xiǎng qù zhǎo péng you tā yí miàn
一天，小熊想去找朋友。他一面
zǒu yí miàn hēng hēng hēng hēng hēng hēng de
走，一面“哼哼哼，哼哼哼”地
chàng zhe xiǎo xióng zǒu zhe zǒu zhe kàn jiàn qián
唱着。小熊走着走着，看见前
miàn yǒu zhī xiǎo bái tù zhǎng zhe cháng
面有只小白兔，长着长
cháng de ěr duo duǎn duǎn de wěi
长的耳朵，短短的尾
ba hóng hóng de yǎn jing bái bái de
巴，红红的眼睛，白白的

máo zhēn hǎo kàn xiǎo xióng gāo xìng de jiào dào xiǎo bái tù wǒ hé nǐ yí kuàir wánr
毛。真好看！小熊高兴地叫道：“小白兔，我和你一块儿玩儿
hǎo ma xiǎo bái tù huí tóu yí kàn yuán lái shì xiǎo xióng jiù shuō kàn nǐ duō zāng a
好吗？”小白兔回头一看，原来是小熊，就说：“看你多脏啊！
kuài qù xǐ xi ba xǐ gān jìng le wǒ zài hé nǐ wánr xiǎo xióng bú yuàn yì xǐ zǎo zhǐ
快去洗洗吧，洗干净了我再和你玩儿。”小熊不愿意洗澡，只
hǎo zǒu kāi le tā zǒu zhe zǒu zhe zǒu dào cǎo dì shang pèng dào yì zhī xiǎo bái é xiǎo
好走开了。他走着走着，走到草地上，碰到一只小白鹅。小
bái é zhēn měi lì hóng hóng de mào zi bái bái de yǔ máo
白鹅真美丽，红红的帽子，白白的羽毛。

xiǎo xióng gāo xìng de shuō
小熊高兴地说：
xiǎo bái é wǒ hé nǐ
“小白鹅，我和你
yí kuàir wánr hǎo
一块儿玩儿好
ma xiǎo bái é shuō
吗？”小白鹅说：
yà shì xiǎo xióng kàn
“呀！是小熊，看

nǐ duō zāng a kuài qù xǐ xi ba xǐ gān jìng le wǒ zài hé nǐ wánr xiǎo xióng kàn le
你多脏啊！快去洗洗吧，洗干净了我再和你玩儿。”小熊看了
kàn zì jǐ de shēn shang mǎn shēn dōu shì ní xiǎo bái é yòu shuō zǒu wǒ dài nǐ dào hé
看自己的身上，满身都是泥。小白鹅又说：“走，我带你到河
biān qù xǐ ge zǎo ba xiǎo xióng zuǐ yì juē yòu zǒu kāi le
边去洗个澡吧！”小熊嘴一撅，又走开了。

zǒu le yí huìr yòu kàn jiàn le hǎo duō xiǎo dòng wù men zhèng zài zuò yóu xì xiǎo xióng jí máng pǎo guo qu duì dà jiā shuō wǒ yě hé nǐ men yì qǐ zuò yóu xì hǎo ma dà jiā kàn le kàn zāng zāng de xiǎo xióng tā de shēn shang hái yǒu yì gǔ nán wén de qì wèi dà jiā dōu wǔ zhù le bí zi zuǐ
走了一会儿，又看见了好多小动物们正在做游戏，小熊急忙跑过去，对大家说：“我也和你们一起做游戏好吗？”大家看了看脏脏的小熊，他的身上还有一股难闻的气味，大家都捂住了鼻子，嘴

kuài de xiǎo hóu zi shuō dào kàn nǐ duō zāng a kuài qù xǐ xi ba xǐ gān jìng le zài hé
快的小猴子说道："看你多脏啊！快去洗洗吧，洗干净了再和
wǒ men yì qǐ zuò yóu xì xiǎo xióng mǎn bú zài hu de shuō méi guān xi wǒ hái bù xiǎng
我们一起做游戏。"小熊满不在乎地说："没关系，我还不想
hé nǐ men wánr ne
和你们玩儿呢。"

xiǎo xióng méi yǒu hǎo péng you jiù zì jǐ yí gè rén zài ní
小熊没有好朋友，就自己一个人在泥
kēng li gǔn lái gǔn qù de wán
坑里滚来滚去地玩。

kě shí jiān yì cháng xiǎo
可时间一长，小
xióng jué de tài wú liáo le kàn zhe
熊觉得太无聊了，看着
bié de xiǎo huǒ bàn zài yì qǐ kāi
别的小伙伴在一起开
kāi xīn xīn de zuò yóu xì tā xīn
开心心地做游戏，他心
li bù jīn nán guò qi lai wū wū
里不禁难过起来："呜呜，

méi yǒu xiǎo péng you hé wǒ yì qǐ wánr wū wū wǒ xiǎng hé dà jiā yì qǐ wánr
没有小朋友和我一起玩儿。呜呜，我想和大家一起玩儿。”

xiǎo xióng shāng xīn de kū shēng bèi dà jiā tīng dào le xiǎo yáng pǎo guo lai ān wèi tā xiǎo
小熊伤心的哭声被大家听到了，小羊跑过来安慰他：“小

xióng xiǎo xióng zhǐ yào nǐ jiǎng wèi shēng dà jiā dōu huì xǐ huan nǐ de yě huì hé nǐ yì
熊，小熊，只要你讲卫生，大家都会喜欢你的，也会和你一

qǐ wánr de kě shì wǒ hài pà yí gè rén zài shuǐ li xiǎo xióng shuō yuán lái shì
起玩儿的。”“可是我害怕一个人在水里。”小熊说。“原来是

yīn wèi zhè ge ya dà jiā tīng wán dōu pǎo dào xiǎo xióng de
因为这个呀！”大家听完，都跑到小熊的

miàn qián shuō wǒ men yì qǐ péi xiǎo xióng qù
面前，说：“我们一起陪小熊去

xǐ zǎo ba
洗澡吧！”

xiǎo xióng gēn zhe xiǎo huǒ bàn
小熊跟着小伙伴

men lái dào xiǎo hé biān xiǎo yáng
们来到小河边，小羊、

xiǎo zhū tiào jìn hé li yòng qīng qīng
小猪跳进河里，用清清

de shuǐ pō ya pō pō zài xiǎo xióng de
的水泼呀泼，泼在小熊的

shēn shang liǎn shang xiǎo xióng yòng qīng
身上、脸上。小熊用清

qīng de shuǐ xǐ ya xǐ xǐ de gān gān
清的水洗呀洗，洗得干干

jìng jìng de xiǎo bái é gāo xìng de
净净的。小白鹅高兴地

shuō xiǎo xióng biàn gān jìng le wǒ men
说："小熊变干净了，我们

yì qǐ wánr ba xiǎo xióng hé péng you men wánr de kě gāo xìng la
一起玩儿吧！"小熊和朋友们玩儿得可高兴啦！

小脏熊因为懒惰不讲卫生，大家都不愿意和它一起玩，等到它洗了澡变干净了，大家就和它高兴地玩了起来。我们也要讲卫生爱干净，这样，才会有好朋友和我们一起玩呀！

chūn sǔn shàng miàn de mào zi

春笋上面的帽子

chūn yǔ guò hòu xiǎo wū guī pá shàng hé àn fēng hé rì lì yáng guāng míng mèi xiǎo
春雨过后，小乌龟爬上河岸。风和日丽，阳光明媚，小
wū guī hún shēn nuǎn yáng yáng de hǎo shū fu tā zài zhú lín li
乌龟浑身暖洋洋的好舒服，他在竹林里
wánr ya wánr kě gāo xìng le
玩儿呀玩儿，可高兴了。

xiǎo wū guī wánr lèi le tā zhāi xià mào zi suí shǒu
小乌龟玩儿累了，他摘下帽子，随手
guà zài gāng pò tǔ de sǔn jiānr shang zhè zhú sǔn bù gāo bù
挂在刚破土的笋尖儿上，这竹笋不高不
ǎi zhēn shi ge tiān rán de yī mào jià
矮真是个天然的衣帽架。

xiǎo wū guī tǎng zài dì shang xiū xi yí huìr
小乌龟躺在地上休息，一会儿
jiù mí mí hū hū de shuì zháo le
就迷迷糊糊地睡着了。

yí jiào xǐng lái tài yáng kuài luò shān le xiǎo wū guī xiǎng huí jiā le tā dǎ qǐ jīng
一觉醒来，太阳快落山了。小乌龟想回家了，他打起精
shen zhàn qi lai qǔ mào zi yí zhēn qí guài mào zi zěn me huì guà de nà me gāo le ne
神，站起来取帽子。“咦，真奇怪，帽子怎么会挂得那么高了呢？”
xiǎo wū guī yòng jìn lì qi kě zěn me yě gòu bu zháo mào zi
小乌龟用尽力气，可怎么也够不着帽子。
tā jí de kū qi lai le
他急得哭起来了。

liǎng zhī xiǎo niǎo fēi guo lai wèn
两只小鸟飞过来问：
xiǎo wū guī shéi qī fu nǐ le
“小乌龟，谁欺负你了？”
xiǎo wū guī shuō méi yǒu shéi
小乌龟说：“没有谁
qī fu wǒ shì wǒ guà zài sǔn jiānr
欺负我，是我挂在笋尖儿
shang de mào zi wǒ shuì le yí
上的帽子，我睡了一
jiào jiù gòu bu zháo tā le
觉就够不着它了。”

xiǎo niǎo gào su xiǎo wū guī yǔ hòu de chūn sǔn zhǎng de hěn
小鸟告诉小乌龟："雨后的春笋长得很
kuài nǐ shuì jiào de shí hou tā jiù zhǎng gāo le xǔ duō
快，你睡觉的时候，它就长高了许多。"

xiǎo niǎo fēi qi lai bāng xiǎo wū guī qǔ xià le mào zi
小鸟飞起来，帮小乌龟取下了帽子。

xiǎo wū guī shuō xiè xie nǐ men
小乌龟说："谢谢你们！"

xiǎo niǎo shuō bú yòng xiè zài jiàn shuō wán jiù fēi zǒu le
小鸟说："不用谢，再见！"说完就飞走了。

xiǎo wū guī míng bai le yǔ hòu chūn sǔn zhǎng de kuài de dào lǐ
小乌龟明白了雨后春笋长得快的道理，
yǐ hòu zài yě bù suí biàn wǎng chūn sǔn shàng miàn guà mào zi le
以后再也不随便往春笋上面挂帽子了。

"雨后春笋"这个成语，比喻新事物大量出现。你学会了吗？小乌龟的经历还告诉我们：可不要乱放东西哟！

huàn dǎn jì

换胆记

yǒu yì zhī tù zi dǎn zi fēi cháng xiǎo zài sēn lín li lǎo bèi rén qī fu tā cháng

有一只兔子，胆子非常小，在森林里老被人欺负，他常

cháng xiǎng wǒ yào shi zhǎng ge bào zi dǎn nà gāi duō hǎo ya tā zhǎo dào bào zi shuō bào

常想：我要是长个豹子胆那该多好呀！他找到豹子说："豹

zi dà gē bǎ nǐ de dǎn huàn gěi wǒ hǎo ma bào zi xiǎng wǒ

子大哥，把你的胆换给我好吗？"豹子想：我

dǎn zi tài dà jīng cháng chuǎng huò

胆子太大，经常闯祸，

yào shi huàn le tù zi dǎn yě xǔ

要是换了兔子胆，也许

dà jiā huì gèng xǐ huan wǒ de yú

大家会更喜欢我的！于

shì xīn rán tóng yì le

是欣然同意了。

dì èr tiān bào zi hé tù

第二天，豹子和兔

zi biàn qǐng lái shān yáng yī shēng wèi tā men dòng le shén qí de shǒu shù
子便请来山羊医生为他们动了神奇的手术。

xiǎo tù huàn le bào zi dǎn yì shí jué de zì jǐ bǐ dà xiàng hái wěi dà zǒu qǐ lù
小兔换了豹子胆，一时觉得自己比大象还伟大，走起路

lai yì bǎi yì bǎi de tè bié shén qì shén me xiǎo hóu zi ya xiǎo wū guī ya xiǎo lù
来一摆一摆的，特别神气！什么小猴子呀，小乌龟呀，小鹿

ya quán bú zài tā yǎn li le
呀，全不在他眼里了。

yì zhī xiǎo sōng shǔ xiàng xiǎo tù zi dǎ zhāo
一只小松鼠向小兔子打招

hu tù zi bú dàn bù lǐ cǎi fǎn ér chōng shang
呼，兔子不但不理睬，反而冲上

qu yào tóng sōng shǔ dǎ jià sōng shǔ yí xià hú tu
去，要同松鼠打架。松鼠一下糊涂

le xīn xiǎng zhè zhī tù zi jīn tiān chī cuò
了，心想：这只兔子今天吃错

le yào ba wèi le bù gēn tā zhēng chǎo xiǎo
了药吧？为了不跟他争吵，小

sōng shǔ pá dào shù shang qù wán le
松鼠爬到树上去玩了。

xiǎo tù zi jiàn sōng shǔ pǎo le xīn li yǒu zhǒng
小兔子见松鼠跑了，心里有种
shuō bu chū de tòng kuài gāi wǒ tù zi dāng dà wáng de
说不出的痛快：该我兔子当大王的
shí hou le kàn shéi gǎn hé wǒ zuò duì
时候了，看谁敢和我作对！

zhè shí tā hū rán kàn jiàn yì zhī dà huī láng zài shù xià shuì jiào xīn xiǎng hng dà
这时，他忽然看见一只大灰狼在树下睡觉。心想：哼！大
huī láng píng rì li nǐ zài wǒ miàn qián shuǎ jìn le wēi
灰狼，平日里你在我面前耍尽了威
fēng jīn tiān kàn wǒ bù hǎo hāor shōu shi nǐ méi
风，今天，看我不好好儿收拾你！没
yǒu duō xiǎng tā jiù xiàng dà huī láng chōng qù hòu tuǐ
有多想，他就向大灰狼冲去，后腿
yì shǐ jìnr bèng dào le láng shēn shang
一使劲儿，蹦到了狼身上。
láng xià chū le yì shēn lěng hàn kě zhēng yǎn
狼吓出了一身冷汗，可睁眼
yí kàn bù jīn hā hā dà xiào qi lai hēi
一看，不禁哈哈大笑起来：“嘿

hēi rén shuō shǒu zhū dài tù wǒ jīn tiān shuì jiào yě néng dài tù yùn qi zhēn shi tài hǎo
嘿，人说守株待兔，我今天睡觉也能待兔，运气真是太好

le yì kǒu biàn yǎo zhù le tù zi de xiǎo tuǐ
了！”一口便咬住了兔子的小腿。

zhèng zài zhè shí zhǐ tīng yí zhèn jí cù de jiǎo bù shēng yóu yuǎn ér jìn dà huī láng
正在这时，只听一阵急促的脚步声由远而近。大灰狼

tái tóu yí kàn à yì tóu mǎn shēn ní jiāng de bào zi
抬头一看，啊！一头满身泥浆的豹子

chōng le guò lái tā lián máng diū xià xiǎo bái
冲了过来！他连忙丢下小白

tù jiā zhe wěi ba táo pǎo le
兔，夹着尾巴逃跑了。

yuán lái shì huàn le tù dǎn
原来是换了兔胆

de bào zi tā pèng jiàn le yì zhī
的豹子，他碰见了一只

hú li xià de háo máo dào
狐狸，吓得毫毛倒

shù diào tóu jiù pǎo jìng diē
竖，掉头就跑，竟跌

rù le ní tán láng bèi bù kān dāng rán hú li
入了泥潭，狼狈不堪。当然狐狸

shì bù gǎn lái zhuī de
是不敢来追的。

xiǎo bái tù dǒu zhe liú xiě de xiǎo tuǐ duì
小白兔抖着流血的小腿，对

bào zi shuō bào zi dà gē xiàn zài wǒ cái zhī
豹子说：“豹子大哥，现在我才知

dào guāng yǒu bào zi dǎn méi yǒu zhēn běn
道，光有豹子胆，没有真本

shi shì qing huì gèng zāo ya
事，事情会更糟呀！”

bào zi yě yáo yao tóu shuō wǒ yě zhè yàng shī qù le dǎn liàng hé yǒng qì lì qì
豹子也摇摇头说：“我也这样，失去了胆量和勇气，力气

hé běn shi dōu yòng bu shàng wǒ men hái shi bǎ dǎn huàn hui lai ba
和本事都用不上。我们还是把胆换回来吧！”

wàng wang de xīn péng you
望望的新朋友

sēn lín wáng guó li zhù zhe xiǎo māo xiǎo bái tù hé xiǎo hóu děng xǔ duō dòng wù dà jiā
森林王国里住着小猫、小白兔和小猴等许多动物，大家
dōu shì hǎo péng you zhǐ yǒu xiǎo gǒu wàng wang yīn wèi jīng cháng piàn rén dà jiā dōu bú yuàn yì
都是好朋友。只有小狗望望因为经常骗人，大家都不愿意
hé tā zuò péng you
和他做朋友。

yǒu yì tiān wàng wang shēng bìng le
有一天，望望生病了，
chú le bà ba gěi tā mǎi le yí gè
除了爸爸给他买了一个
wán jù chē qí tā de xiǎo dòng wù méi
玩具车，其他的小动物没
yǒu yí gè rén lái kàn tā tā fēi
有一个人来看他，他非
cháng nán guò wàng wang duì bà ba shuō
常难过。望望对爸爸说

dào bié ren dōu yǒu péng you ér wǒ yí gè péng you dōu méi yǒu hǎo nán guò a bà ba
道："别人都有朋友，而我一个朋友都没有，好难过啊！"爸爸
duì wàng wang shuō děng nǐ bìng hǎo le nǐ zhǔ dòng qù zhǎo xiǎo péng yǒu men ba hé tā men
对望望说："等你病好了，你主动去找小朋友们吧，和他们
chéng wéi hǎo péng you yú shì xiǎo gǒu wàng wang bìng gāng hǎo tā jiù kāi shǐ zhǎo péng you le
成为好朋友。"于是小狗望望病刚好，他就开始找朋友了。

dì yī tiān tā ná zhe yí gè hú dié jié lái dào māo dà jiě jiā cán
第一天，他拿着一个蝴蝶结来到猫大姐家，惭
kuì de shuō māo jiě jie shàng cì wǒ piàn
愧地说："猫姐姐，上次我骗
le nǐ yí kuài ròu duì bu qǐ wǒ lái gěi
了你一块肉，对不起，我来给
nǐ dào qiàn le xiǎo māo shuō nǐ
你道歉了！"小猫说："你
bié zài piàn wǒ le pēng de yì shēng
别再骗我了！"砰的一声
guān shàng le mén
关上了门。

dì èr tiān xiǎo gǒu wàng wang
第二天，小狗望望

zài lù shang yù jiàn le piào liang de xiǎo hóu dì di xiǎo hóu yí jiàn dào wàng wang sā tuǐ jiù
在路上遇见了漂亮的小猴弟弟。小猴一见到望望，撒腿就
pǎo wàng wang biān zhuī biān shuō hóu dì di wǒ shì lái zhǎo nǐ zuò péng you de xiǎo hóu
跑，望望边追边说：“猴弟弟，我是来找你做朋友的！”小猴
biān pǎo biān shuō nǐ yòu wán shén me guǐ zhǔ yi le bài bài yí liù yānr jiù pǎo de
边跑边说：“你又玩什么鬼主意了？拜拜！”一溜烟儿就跑得
wú yǐng wú zōng le
无影无踪了。

xiǎo gǒu yì lián pèng le liǎng cì bì huī liū liū de wǎng jiā zǒu lù shang yù dào le
小狗一连碰了两次壁，灰溜溜地往家走，路上遇到了
xióng māo bó bo wàng wang kū zhe duì xióng māo bó
熊猫伯伯，望望哭着对熊猫伯
bo shuō wǒ xiǎng hé dà jiā
伯说：“我想和大家
zuò péng you kě shéi yě bù
做朋友，可谁也不
lǐ wǒ xióng māo bó bo xiào
理我！”熊猫伯伯笑
zhe shuō zhǐ yào nǐ yǐ shí
着说：“只要你以实

jì xíng dòng wèi dà jiā zuò hǎo shì jiù huì
际行动为大家做好事，就会
yǒu hǎo péng you de
有好朋友的！”

xiǎo gǒu wàng wang tīng hòu biàn kāi shǐ
小狗望望听后，便开始
cóng xiǎo shì zuò qǐ chù chù wèi bié ren zhuó xiǎng
从小事做起，处处为别人着想。
yǒu yí cì xiǎo māo shòu shāng zài jiā méi dōng xi
有一次，小猫受伤在家没东西
chī wàng wang bǎ zì jǐ de yí kuài ròu hé liǎng piàn miàn bāo sòng gěi xiǎo māo chī hái yǒu yí
吃，望望把自己的一块肉和两片面包送给小猫吃。还有一
cì xiǎo tù mí lù le kū kū tí tí jiào mā ma wàng wang tīng jiàn le lián máng bǎ hú dié
次，小兔迷路了哭哭啼啼叫妈妈，望望听见了，连忙把蝴蝶
jié sòng gěi le tā bìng bǎ tā sòng huí le jiā
结送给了他，并把他送回了家。

yóu yú xiǎo gǒu wàng wang zhēn xīn zhēn yì gǎi diào quē diǎn zhōng yú dé dào le dà jiā de
由于小狗望望真心真意改掉缺点，终于得到了大家的
xìn rèn zhǎo dào le xǔ duō péng you
信任，找到了许多朋友。

lǎn duò de xiǎo jī
懒惰的小鸡

xiǎo jī hé xiǎo yā yuán shì hǎo xiōng dì tā liǎ dōu yǒu yí gè lǐ xiǎng chéng wéi yōu
小鸡和小鸭原是好兄弟，他俩都有一个理想：成为优
xiù de yóu yǒng jiàn jiàng
秀的游泳健将。

chūn tiān xiǎo yā duì xiǎo jī shuō xiōng di wǒ men qù liàn xí yóu yǒng ba xiǎo jī
春天，小鸭对小鸡说：“兄弟，我们去练习游泳吧。”小鸡
wàng zhe nà màn tiān yān yǔ
望着那漫天烟雨，
yáo yao tóu shuō ài zhè
摇摇头说：“唉，这
shì shén me guǐ tiān qì ya
是什么鬼天气呀！
děng zhǎo ge fēng hé rì lì
等找个风和日丽
de rì zi zài yóu ba
的日子再游吧。”

xiǎo yā mào zhe fēng yǔ tà shàng le zhēng chéng
小鸭冒着风雨，踏上了征程。

xià tiān xiǎo yā duì xiǎo jī shuō xiōng di zán men qǐ chéng ba xiǎo jī zhǐ zhe
夏天，小鸭对小鸡说：“兄弟，咱们起程吧。”小鸡指着
hú shuǐ shuō hú shuǐ gěi tài yáng shài de gǔn tàng gǔn tàng de zhè kě zěn me yóu ya xiǎo
湖水说：“湖水给太阳晒得滚烫滚烫的，这可怎么游呀！”小
yā dǐng zhe hú shuǐ de kù rè yóu xiàng yuǎn fāng
鸭顶着湖水的酷热，游向远方。

qiū tiān xiǎo yā duì xiǎo jī shuō xiōng di zhè huí zǒng gāi
秋天，小鸭对小鸡说：“兄弟，这回总该
qǐ chéng le ba xiǎo jī suō suo bó zi shuō
起程了吧！”小鸡缩缩脖子说：
tiān dōu zhè me lěng le hé kuàng hú shuǐ ne
“天都这么冷了，何况湖水呢，
yào qù nǐ zì jǐ qù ba xiǎo yā dǐng zhe hán
要去你自己去吧！”小鸭顶着寒
lěng yóu xiàng yuǎn fāng
冷，游向远方。

dōng tiān xiǎo yā yòu duì xiǎo jī shuō
冬天，小鸭又对小鸡说：

xiōng di yīng dāng chū fā le yì nián jiù yào guò qù le xiǎo jī wàng zhe fēn fēn yáng yáng
“兄弟，应当出发了，一年就要过去了。”小鸡望着纷纷扬扬
de dà xuě bǎ tóu yáo de xiàng bō lang gǔ zhè me lěng de tiānr hái shi nǐ qù yóu
的大雪，把头摇得像拨浪鼓：“这么冷的天儿，还是你去游
ba shuō wán chàn dǒu zhe liǎng tiáo xì tuǐ duǒ dào bì fēng de qiáng gēnr dǐ xia qù le
吧。”说完，颤抖着两条细腿躲到避风的墙根儿底下去了。
xiǎo yā yíng zhe fēng mào zhe xuě yóu xiàng yuǎn fāng
小鸭迎着风，冒着雪，游向远方。

jiù zhè yàng nián fù yì nián xiǎo jī de yóu yǒng gōng néng tuì huà le zài yě
就这样，年复一年，小鸡的游泳功能退化了，再也
yóu bu qǐ lái le
游不起来了。

ér xiǎo yā yíng fēng mào xuě pái
而小鸭迎风冒雪，排
chú suǒ yǒu kùn nan chéng le zhù
除所有困难，成了著
míng de yóu yǒng jiàn jiàng
名的游泳健将。

bō li bēi shang de shuǐ zhū
玻璃杯上的水珠

yí gè xià tiān de bàng wǎn xiǎo bái tù hé xiǎo huáng gǒu zài shān pō shang zhuō mí cáng
一个夏天的傍晚，小白兔和小黄狗在山坡上捉迷藏。

shí jiān guò de zhēn kuài yí huìr xīng xing biàn zhǎ zhe yǎn jing
时间过得真快，一会儿，星星便眨着眼睛

chū xiàn zài tiān kōng shang tù mā ma hǎn xiǎo bái tù huí
出现在天空上，兔妈妈喊小白兔回

jiā zài huí jiā de lù shang xiǎo bái tù tū rán
家。在回家的路上，小白兔突然

jīng jiào dào wǒ de xiàng liàn bú jiàn le
惊叫道："我的项链不见了！"

xiàn zài tiān hēi le míng tiān wǒ
"现在天黑了，明天我

bāng nǐ zhǎo xiǎo huáng gǒu ān wèi dào
帮你找。"小黄狗安慰道。

dì èr tiān xiǎo huáng gǒu lái dào
第二天，小黄狗来到

shān pō shang dōng zhǎo zhao xī wén wen zài huā cóng li fā xiàn le xiǎo bái tù de lǜ sè xiàng
山坡上，东找找、西闻闻，在花丛里发现了小白兔的绿色项
liàn xiàng liàn zhǎo dào le xiǎo huáng gǒu dǐng zhe tài yáng bǎ xiàng liàn sòng dào xiǎo bái tù jiā
链。项链找到了，小黄狗顶着太阳，把项链送到小白兔家。

tù mā ma gǎn jǐn dǎ kāi bīng xiāng dào le yì bēi huáng dēng dēng de jú zi shuǐ ràng
兔妈妈赶紧打开冰箱，倒了一杯黄澄澄的橘子水，让
xiǎo huáng gǒu jiě kě kě shì xiǎo huáng gǒu bù gǎn ná yīn wèi
小黄狗解渴。可是小黄狗不敢拿，因为
bō li bēi shàng miàn yǒu hěn duō xiǎo shuǐ zhū tā xiǎng
玻璃杯上面有很多小水珠。他想
zhǔn shì bēi zi lòu shuǐ le tā qiāo qiāo de mǒ le yì
准是杯子漏水了。他悄悄地抹了一
bǎ dàn yí huìr bēi zi shàng miàn yòu yǒu le shuǐ
把，但一会儿杯子上面又有了水
zhū tù mā ma kàn chū le xiǎo huáng
珠。兔妈妈看出了小黄
gǒu de xīn si shuō bō li bēi
狗的心思，说："玻璃杯
shang de shuǐ zhū shì kōng qì zhōng de
上的水珠是空气中的

shuǐ qì dāng tā yù dào bǐ jiào lěng de biǎo miàn biàn huì
水汽，当它遇到比较冷的表面，便会
níng jié chéng xiǎo shuǐ zhū
凝结成小水珠。”

tīng wán tù mā ma de huà xiǎo huáng gǒu cái pěng
听完兔妈妈的话，小黄狗才捧
qǐ bēi zi bǎ jú zi shuǐ yì kǒu qì quán hē guāng le
起杯子，把橘子水一口气全喝光了。
zhēn shū fu ya xiǎo huáng gǒu bù jǐn jiě le kě hái xué
真舒服呀，小黄狗不仅解了渴，还学
dào le xǔ duō zhī shi
到了许多知识。

想一想，玻璃杯上为什么会有小水珠呢？遇到不懂的事情要多问几个“为什么”，要做个勤思考、爱学习的好孩子！

yǎn shǔ xǐ zǎo
鼹鼠洗澡

dà chí táng páng biān yǒu ge xiǎo chí táng
大池塘旁边有个小池塘。

tiān zhēn rè hé mǎ pū tōng yì shēng tiào jìn dà chí táng kāi shǐ xǐ zǎo bù yí huìr
天真热！河马扑通一声跳进大池塘开始洗澡。不一会

qīng wā hé wū guī yě lái xǐ zǎo le
儿，青蛙和乌龟也来洗澡了。

hé mǎ duì tā men shuō nǐ men
河马对他们说："你们

liǎng ge xiǎo bu diǎnr dào nà biān
两个小不点儿，到那边

xiǎo chí táng qù qīng wā hé wū
小池塘去！"青蛙和乌

guī yú shì tiào jìn le xiǎo chí táng
龟于是跳进了小池塘。

guò le yí huìr bái é
过了一会儿，白鹅

hé huī yā yě lái xǐ zǎo le hé mǎ yòu duì tā men shuō dào nà biān xiǎo chí táng qù
和灰鸭也来洗澡了。河马又对他们说：“到那边小池塘去
xǐ bái é hé huī yā yě qù le xiǎo chí táng
洗！”白鹅和灰鸭也去了小池塘。

yòu guò le yí huìr yǎn shǔ yě lái xǐ zǎo le hé mǎ yòu duì tā shuō nǐ yě
又过了一会儿，鼹鼠也来洗澡了。河马又对他说：“你也
dào nà biān xiǎo chí táng qù xǐ
到那边小池塘去洗！”

yǎn shǔ lái dào xiǎo chí
鼹鼠来到小池
táng biān kàn dào dà huǒr
塘边，看到大伙儿
jǐ zài yì qǐ xǐ zǎo xīn
挤在一起洗澡，心
xiǎng zhè me jǐ zěn me
想：这么挤，怎么
néng xǐ de gān jìng ne tā
能洗得干净呢？他
cháo dà chí táng kàn kan zhǐ
朝大池塘看看，只

jiàn hé mǎ pào zài shuǐ li zhèng bì zhe yǎn jing shuì jiào ne
见河马泡在水里，正闭着眼睛睡觉呢！

hng tā hǎo shū fu ya yǎn shǔ mǒ le mǒ liǎn shang
“哼，他好舒服呀！”鼹鼠抹了抹脸上

de hàn shuǐ duì dà huǒr shuō nǐ men děng huìr zài xǐ
的汗水，对大伙儿说：“你们等会儿再洗，

děng wǒ fàng mǎn le shuǐ cái xǐ de tòng kuài
等我放满了水才洗得痛快。”

dà huǒr hěn qí guài tiān méi xià yǔ nǎr lái de shuǐ ne
大伙儿很奇怪，天没下雨，哪儿来的水呢？

zhǐ jiàn yǎn shǔ tiào jìn xiǎo chí táng bā qǐ
只见鼹鼠跳进小池塘扒起

ní lai bā ya bā bā le yí gè cháng cháng de
泥来。扒呀扒，扒了一个长长的

dòng hū rán yì gǔ qīng shuǐ bǎ yǎn shǔ chōng le
洞，忽然，一股清水把鼹鼠冲了

chū lái shuǐ cóng dòng kǒu bù tíng de yǒng jìn le xiǎo
出来，水从洞口不停地涌进了小

chí táng dà huǒr gāo xìng de shuō xiǎo chí táng
池塘。大伙儿高兴地说：“小池塘

li de shuǐ mǎn le
里的水满了！”

xiǎo chí táng biàn chéng le dà chí táng dà huǒr
小池塘变成了大池塘，大伙

xǐ qǐ zǎo lai zhēn tòng kuài
儿洗起澡来真痛快！

dà chí táng de shuǐ yuè lái yuè shǎo hé mǎ bèi
大池塘的水越来越少，河马被

tài yáng shài xǐng le tā zhōng yú yì shí dào zì jǐ
太阳晒醒了，他终于意识到自己

bù gāi qī fu xiǎo dòng wù men
不该欺负小动物们。

鼹鼠真聪明啊！它挖了一个洞使大池塘里的水添满小池塘，被晒醒的河马也终于知道自己做错了事情。我们可不要学河马呀！

yǒu yòng de jiǎo
有用的脚

xiǎo yā zi zài qù chí táng de lù shang kàn dào yì zhī má què zhèng qī xī zài shù zhī
小鸭子在去池塘的路上，看到一只麻雀正栖息在树枝
shang wǒ xī wàng wǒ yě néng gòu zuò zài shàng bian xiǎo
上。“我希望我也能够坐在上边。”小
yā zi shuō rú guǒ nǐ yǒu yì shuāng xiàng wǒ yí yàng jì
鸭子说。“如果你有一双像我一样既
jiān yìng yòu xiān xì de jiǎo nǐ jiù néng zuò zài shù zhī
坚硬又纤细的脚，你就能坐在树枝
shang xiǎo má què shuō
上。”小麻雀说。

xiǎo yā zi kàn kan tā zì jǐ píng píng de yǒu
小鸭子看看她自己平平的、有
jiǎo pǔ de jiǎo tā zhī dào zhè shuāng jiǎo shì zhuā
脚蹼的脚，她知道这双脚是抓
bu láo shù zhī de
不牢树枝的。

xiǎo yā zi cháo qián zǒu qù tā kàn jiàn yì zhī xiǎo tù zi tiào guò le cǎo dì wǒ
小鸭子朝前走去，她看见一只小兔子跳过了草地。“我

xī wàng wǒ néng gēn nǐ tiào de yí yàng kuài xiǎo yā zi duì xiǎo tù zi shuō chú fēi nǐ
希望我能跟你跳得一样快。”小鸭子对小兔子说。“除非你

yǒu yì shuāng qiáng jiàn de xiàng wǒ yí yàng néng tiào de jiǎo yào bu rán nǐ shì zuò bu dào de
有一双强健得像我一样能跳的脚，要不然你是做不到的。”

xiǎo tù zi shuō xiǎo yā zi tàn le yì kǒu qì tā de jiǎo dāng rán bù néng tiào le yǒu shí
小兔子说。小鸭子叹了一口气，她的脚当然不能跳了，有时，

dāng tā zǒu lù zǒu kuài le tā shèn zhì hái huì bèi zì jǐ
当她走路走快了，她甚至还会被自己

de jiǎo bàn dǎo ne
的脚绊倒呢。

xiǎo yā zi yòu cháo qián zǒu tā tīng dào
小鸭子又朝前走，她听到

le yòng zhuǎ zi wā dì de shēng yīn yuán lái shì
了用爪子挖地的声音，原来是

yì zhī dì shǔ tā bǎ bí zi cóng tā wā de
一只地鼠，他把鼻子从他挖的

dòng li tàn chu lai wǒ xī wàng wǒ yě néng
洞里探出来。“我希望我也能

gòu zài dì xià zào yí gè yòu liáng kuai yòu ān quán de fáng zi xiǎo yā zi shuō wǒ shì
够在地下造一个又凉快、又安全的房子。”小鸭子说。“我是
yòng jiān lì de zhuǎ zi lái wā dòng de dì shǔ shuō nǐ yǒu jiān lì de zhuǎ zi ma
用尖利的爪子来挖洞的。”地鼠说，“你有尖利的爪子吗？”

méi yǒu xiǎo yā zi bēi āi de shuō wǒ de jiǎo gàn shén me
“没有。”小鸭子悲哀地说，“我的脚干什么
dōu gàn bu hǎo
都干不好。”

xiǎo yā zi yòu cháo qián zǒu yì zhí zǒu dào le chí táng
小鸭子又朝前走，一直走到了池塘
biān yì zhī yòu dà yòu bái de yā zi zhèng zài shuǐ
边。一只又大又白的鸭子正在水
li yóu yǒng wǒ xī wàng wǒ yě néng zài liáng
里游泳。“我希望我也能在凉
shuǎng de shuǐ li yóu yǒng xiǎo yā zi shuō
爽的水里游泳。”小鸭子说。

xià lái shì shi ba dà bái yā shuō
“下来试试吧！”大白鸭说。

xiǎo yā zi pū tōng yì shēng tiào
小鸭子扑通一声，跳

jìn shuǐ li tā jué de yòu liáng kuai yòu kuài lè
进水里，她觉得又凉快又快乐，
tā mǎ shàng fā xiàn tā nà píng píng de yǒu pǔ
她马上发现她那平平的、有蹼
de jiǎo zhèng shì wèi le huá shuǐ zhǔn bèi de
的脚，正是为了划水准备的。

tài yǒu qù le tā gā gā de jiào
“太有趣了。”她嘎嘎地叫
zhe dà shēng de shuō wǒ xǐ huan wǒ néng huá shuǐ de yǒu yòng de jiǎo kàn lái xiǎo huǒ
着，大声地说，“我喜欢我能划水的、有用的脚。看来，小伙
bàn men bù tóng lèi xíng de jiǎo shì yǒu bù tóng yòng tú de
伴们不同类型的脚是有不同用途的。”

你还记得麻雀、小兔子、地鼠、小鸭子的脚都有什么用途吗？这个故事告诉我们：要学会发挥自己的长处。

yì zhī qí guài de tiě xiāng

一只奇怪的铁箱

hóu zi cóng lín zi li chū lái kàn dào yáng guāng xià yǒu yì zhī fā liàng de tiě xiāng
猴子从林子里出来，看到阳光下有一只发亮的铁箱。

tā zuān jin qu xiǎng zài lǐ miàn dǎ ge dǔnr dàn lǐ
他钻进去，想在里面打个盹儿，但里

miàn rè hōng hōng de méi fǎr tǎng xia qu tā zhǐ hǎo
面热烘烘的，没法儿躺下去，他只好

chū lái le jiàn dào huǒ bàn men tā shuō qǐ zhè zhī tiě
出来了。见到伙伴们，他说起这只铁

xiāng shuō tā xiàng zhēng lóng
箱，说它像蒸笼。

māo tīng dào hòu yè lǐ yě dào nàr qù le
猫听到后，夜里也到那儿去了，

zuān jìn tiě xiāng yí lǐ miàn yì diǎnr yě bú rè
钻进铁箱。咦？里面一点儿也不热。

dì èr tiān māo duì hóu zi shuō wǒ kàn
第二天，猫对猴子说：“我看

nǐ zài hú shuō nà zhī xiāng zi bìng bú rè wǒ shì guo le hóu zi jīng qí de shuō míng
你在胡说，那只箱子并不热，我试过了。”猴子惊奇地说：“明
míng rè de xiàng zhēng lóng hái yǒu jiǎ tā liǎ dōu rèn wéi zì jǐ
明热得像蒸笼，还有假？”他俩都认为自己
shuō de duì zhè shí xióng guò lái le wèn qīng qíng kuàng
说得对。这时，熊过来了，问清情况
hòu xióng shuō bié zhēng le wǒ qù kàn ge
后，熊说：“别争了，我去看个
jiū jìng ba xióng qù le dào nàr
究竟吧。”熊去了，到那
mō le yí xià méi cuò shì rè
儿摸了一下，没错，是热
de huí lái hòu duì tā men shuō
的。回来后对他们说：
hóu zi shuō de duì tiě xiāng shì rè
“猴子说得对，铁箱是热
de māo bù fú yào tā men yè
的。”猫不服，要他们夜
lǐ qù kàn dào le yè lǐ tā men
里去看。到了夜里，他们

lái dào tiě xiāng qián yì mō yí zhēn de shì
来到铁箱前，一摸，咦？真的是
liáng de zhè yì lái xióng míng bai le tā
凉的。这一来，熊明白了，他
shuō tiě pí huì chuán rè bái tiān bèi tài yáng
说："铁皮会传热，白天被太阳
yí shài dāng rán shì rè de dào le yè lǐ
一晒，当然是热的；到了夜里，
tài yáng xià shān le tā de rè quán sàn fā
太阳下山了，它的热全散发
le dāng rán shì liáng de
了，当然是凉的。"

tīng le xióng de jiě shuō māo hé hóu zi biàn bú zài zhēng chǎo le
听了熊的解说，猫和猴子便不再争吵了。

猴子和猫没有仔细想一想，就草率地得出了结论，还好有熊的解说，让它们停止了争论。想一想，从中我们可以学到什么呢？

mǎ de tàn xī
马的叹息

mǎ shēng huó zài cǎo yuán shang měi tiān chī zhe yòu qīng yòu nèn de cǎo chī wán cǎo mǎ
马生活在草原上，每天吃着又青又嫩的草，吃完草，马

jiù dào fù jìn de xiǎo xī biān hē zhe yòu qīng yòu tián
就到附近的小溪边喝着又清又甜

de xī shuǐ rì zǐ guò de bié tí yǒu duō kāi
的溪水。日子过得别提有多开

xīn le
心了。

tū rán yǒu yì tiān cǎo yuán shang lái le
突然有一天，草原上来了

yì tóu yě zhū yě zhū hé mǎ yí kuàir chī
一头野猪，野猪和马一块儿吃

cǎo yě zhū bù dǒng guī ju chī bǎo le jiù zài cǎo
草。野猪不懂规矩，吃饱了就在草

dì shang dǎ gǔnr bǎ hǎo hāor de cǎo píng gěi zāo tà
地上打滚儿，把好好儿的草坪给糟蹋

le tā hái ài dǎo dàn kàn jiàn mǎ zài yǐn shuǐ jiù gù yì bǎ ní tǔ wǎng hé li gǒng
了。它还爱捣蛋，看见马在饮水，就故意把泥土往河里拱……

mǎ fēi cháng shēng qì jué dìng qù qǐng liè rén lái chéng fá yě zhū
马非常生气，决定去请猎人来惩罚野猪。

liè rén shuō yào chéng fá yě zhū shì méi wèn tí de bú guò nǐ zǒng bù néng ràng wǒ
猎人说：“要惩罚野猪是没问题的，不过你总不能让我

jiù zhè yàng fèi lì zǒu zhe qù hái shi ràng wǒ
就这样费力走着去，还是让我

qí zài nǐ bèi shang nǐ tuó wǒ qù ba hái
骑在你背上，你驮我去吧。还

yǒu nǐ fā qǐ yě xìng lai zěn me bàn ràng
有，你发起野性来怎么办？让

wǒ gěi nǐ tào shàng pèi tou yí qiè tīng wǒ de
我给你套上辔头，一切听我的。”

mǎ èr huà méi shuō yì xīn zhǐ xiǎng kuài
马二话没说，一心只想快

diǎnr bào fù yě zhū jiù lì kè dā ying le
点儿报复野猪，就立刻答应了

liè rén
猎人。

liè rén kuài sù tiào dào mǎ bèi shang lā qǐ jiāng shéng mǎ yí lù bēn pǎo zhe huí dào
猎人快速跳到马背上，拉起缰绳。马一路奔跑着，回到
le cǎo yuán shang yě zhū zhèng zài chī cǎo liè rén yí jiàn shè shāng le yě zhū de tuǐ yě
了草原上，野猪正在吃草，猎人一箭射伤了野猪的腿，野
zhū láng bèi de táo pǎo le
猪狼狈地逃跑了。

liè rén yòu tiào shàng mǎ bèi mǎ jiāng liè rén sòng huí le jiā kě shì liè rén huí dào jiā
猎人又跳上马背，马将猎人送回了家。可是猎人回到家
li bǎ mǎ shuān zài le mǎ jiù li mǎ zhè cái xǐng wù guo lai tàn xī dào wǒ zhēn shi
里，把马拴在了马厩里。马这才醒悟过来，叹息道：“我真是
huó gāi wèi le yì diǎnr xiǎo shì zuì zhōng jìng chéng le yǒng yuǎn de nú lì
活该！为了一点儿小事，最终竟成了永远的奴隶！”

马一心想惩罚野猪，结果自己被套上了辔头，成了奴隶。这个故事告诉我们：报复别人往往会伤害到自己，要学会宽容。